Les Voeux de Cam

31 décembre, 31 possibilités

Correction : Manon Le Gallo et Catherine Rigal
Mise en pages : Petits Papiers

1, rond-point du Général-Eisenhower, 31101 Toulouse Cedex 9, France
editionsmilan.com

Dépôt légal : novembre 2023 • ISBN : 978-2-408-04202-8
Achevé d'imprimer au 3e trimestre 2023 en Italie par Grafica Veneta
Plus d'informations sur la fabrication de nos livres :
editionsmilan.com/comment-fabriquons-nous-nos-livres

PEFC
PEFC/18-31-226
Certifié PEFC
Ce produit est issu de forêts gérées durablement et de sources contrôlées
www.pefc-france.org

ELIZABETH BARFÉTY

Les Voeux de Cam

31 décembre, 31 possibilités

milan

1

Ça devait être la meilleure soirée de l'année.

La meilleure soirée de ma vie.

Spoiler : rien ne s'est passé comme prévu.

2

Je grogne quand la sonnerie de mon portable me force à ouvrir les yeux. Le temps que mon cerveau se réveille lui aussi, et je me souviens de la date. On est le 31 décembre, dernier jour de l'année et jour le plus important de toute mon existence. Car ce soir – je jette un coup d'œil à l'écran de mon portable, qui affiche un appel manqué de Malya –, non, plus précisément, dans trois heures, j'ai une soirée. Et pas n'importe laquelle, puisque c'est la première *vraie* soirée de ma vie.

Je suis déjà allée à des anniversaires, des soirées pyjama et quelques mariages avec mes parents… mais là, je parle d'une fête comme dans les films. Une fête sans adultes pour nous surveiller, dans une grande maison juste pour nous, avec les gens les plus cool du lycée, de la musique ultra-forte et pas de couvre-feu.

Le paradis.

Pour être en forme, j'avais décidé de faire une « petite sieste » d'une demi-heure... qui s'est transformée en tunnel de deux heures.

Je prends mon portable pour rappeler ma meilleure amie.

– Ouais, Malya, tu m'as appelée ?

– Je stresse pour ce soir, Cam ! s'exclame-t-elle. J'ai l'impression que ma mère et Olivier se doutent de quelque chose. Imagine s'ils débarquent en plein milieu ! La honte...

Malya habite à quelques rues à peine de chez Rose, où a lieu la soirée.

– Écoute, si ta mère et ton beau-père savaient ce qu'on a prévu ce soir, ils t'interdiraient d'y aller, tout simplement, je lui réponds d'un ton raisonnable. Et puis, tu m'as dit qu'ils dînaient avec des amis. Ils ne vont pas gâcher leur propre réveillon pour venir vérifier que tu es bien à ta soirée pyjama...

Malya soupire.

– T'as raison. C'est sûr. Je stresse pour rien. Tu prends un pyjama, d'ailleurs ? ajoute-t-elle avec une nouvelle note d'inquiétude dans la voix.

Je rigole franchement cette fois.

– Je t'avoue que je n'ai pas encore pensé à cette question cruciale, Malya.

Je sens mon amie se détendre. Je souris.

– Allez, on se retrouve là-bas à 18 heures, comme prévu. Tout va bien se passer, je conclus avant de raccrocher.

J'ai encore mon portable dans la main quand un nouveau message arrive. C'est Rose, qui m'annonce que ses parents viennent de partir. Les choses sérieuses commencent !

Dans mon sac à dos, je mets mes chaussures et ma tenue pour ce soir, ma trousse de toilette, mon chargeur. Après un instant d'hésitation, j'attrape aussi mon pyjama. Je doute d'en avoir besoin – je ne vais peut-être même pas dormir de la nuit ! –, mais on ne sait jamais. Si mes parents avaient l'idée saugrenue d'ouvrir mon sac, le pyjama confirmerait mon histoire.

Car officiellement, ce soir, je ne serai pas au premier vrai réveillon de ma vie, mais à une petite soirée pyjou avec mes deux amies les plus proches, Malya et Rose.

Si mes parents se doutaient de ce qui se prépare, ils n'accepteraient jamais de me laisser y aller. Je peux presque les entendre : « Tu n'as que quinze ans, tu es beaucoup trop jeune pour ça », « Tu as tout le temps pour grandir, ne te précipite pas », « S'il n'y a pas d'adultes pour assurer votre sécurité, c'est hors de question », « Et s'il y a un incendie, hein ? »

Oui, vous vous dites sûrement que cette dernière remarque est un peu exagérée. Mais pas chez moi. Il y a deux ans, une partie de notre appartement a brûlé à cause d'une serviette tombée sur un radiateur soufflant. Résultat, mes parents ont une nouvelle raison de s'inquiéter pour mon petit frère et moi. Et ce n'est pas comme s'ils ne s'inquiétaient pas avant...

Je n'ai que rarement le droit de sortir ; en revanche, aller dormir chez mes amies n'est pas un problème. Sans doute parce que je suis en classe avec Malya et Rose depuis la sixième, et que nos familles se connaissent.

– Bon, j'y vais ! j'annonce en passant dans le salon, mon sac sur l'épaule.

Mes parents sont en train de jouer à un jeu de société avec Hector. Tous les trois lèvent la tête vers moi.

– Tu as ton portable ? demande mon père. Chargé, cette fois ?

– Oui, papa !

– Vous ne vous couchez pas trop tard, hein ? ajoute ma mère.

Je rigole.

– C'est le réveillon, quand même. Je pense qu'on se couchera après minuit…

– Oui, enfin, vous n'êtes pas obligées d'attendre minuit non plus, réplique-t-elle. Tu sais, faire les choses comme tout le monde, ce n'est pas ce qui te rendra heureuse dans la vie.

Comme j'ai déjà entendu cette sage remarque des milliers de fois, je me contente de hocher la tête.

– Moi, je veux attendre minuit ! s'écrie mon petit frère, cet innocent.

– On verra, répond mon père.

Ça veut dire non, mais Hector ne semble pas perturbé pour autant.

– Bon, on joue ! exige-t-il en brandissant une carte.

– Fais attention en route, me dit ma mère avant de se replonger dans ses cartes.

– Promis. À demain !

Et voilà, je suis dehors.

Libre.

3

Combien de fois ai-je parcouru ce chemin depuis le début du collège ? Aucune idée. Mais je pourrais faire le trajet les yeux fermés, c'est certain.

J'ai rencontré Malya et Rose la même année, en sixième. Avec Malya, ça a été le coup de foudre instantané. Le premier jour, à la cantine, on s'est retrouvées en face par hasard, et on s'est rendu compte qu'on avait de quoi parler pour des années.

On a toujours des sujets de conversation – un nouveau manga à commenter, une nouvelle série à critiquer, un nouveau hobby à tester, et surtout, surtout, des histoires à inventer. On a des tas de choses en commun, et pourtant, je ne dirais pas qu'on se ressemble. Plutôt qu'on se complète.

Malya est calme et réfléchie, elle aime prévoir, organiser, être préparée. C'est le genre de personne qui possède une étiqueteuse. Et qui s'en sert. Ses cahiers ont toujours été parfaitement tenus, son écriture est propre et régulière, ses devoirs sont faits et ses leçons révisées. Elle attend que le feu passe au vert pour les piétons, même quand il n'y a pas de voitures. Dit comme ça, on pourrait la trouver… agaçante. Une véritable mademoiselle Parfaite ! Mais elle est aussi très angoissée, se pose mille questions, veut toujours s'améliorer et donner le meilleur d'elle-même. Et elle fait vraiment attention aux autres, ce qui n'est pas si commun.

Je la trouve formidable.

Moi, je suis plus… impulsive. Quand j'ai une idée, une envie, je me lance. J'aime bien répéter qu'on ne vit qu'une fois et qu'on ignore pour combien de temps. Ma devise, c'est qu'il faut essayer, même quand ça fait peur. Du coup, souvent, je me plante, je rate, je suis déçue. Mais je passe rapidement à autre chose. Je m'enthousiasme, et puis *next* !

Malya, c'est une ligne droite, et moi, un genre de montagnes russes.

Avec Rose, rien à voir ! Entre nous, ça a commencé comme une obligation. Elle était aussi dans notre classe en sixième. Et c'est parce qu'elle est devenue amie avec

Malya qu'on a fait connaissance. J'avoue que ça ne m'a pas trop plu, au début, de devoir partager ma copine. Surtout avec la fille qui m'avait battue à l'élection des délégués !

Laissez-moi vous raconter cet épisode... On était quatre filles à se présenter. Trois d'entre nous avons fait un discours sérieux et argumenté sur le rôle de délégué, la représentation des élèves et *bla-bla-bla*. Rose, elle, a fait des blagues. Son discours a fait hurler de rire toute la classe. Et bien sûr, c'est elle qui a été élue. J'étais verte de jalousie, mais je ne l'aurais jamais avoué, bien sûr.

Et puis, assez vite, j'ai découvert que Rose était facile à aimer. Avec elle, tout est léger, rien n'est grave. Elle partage facilement ses devoirs, ses blagues, sa maison, ses vêtements. Tout, en fait ! Et c'est quand même super pratique d'être amie avec une fille qui n'a peur de rien.

Rose a un grand frère qui s'appelle Baptiste. Il est à la fac, maintenant, mais avant, il était dans notre collège-lycée. Ce soir, il profite aussi de la maison vide pour faire venir ses potes. Ce qui veut dire que la soirée va devenir encore plus cool vers 23 heures, quand des gens de vingt ans vont nous rejoindre.

J'ai hâte !

Et ça tombe bien, je suis déjà arrivée. Je sonne et la grande grille noire s'ouvre. La maison est impressionnante, avec ses deux étages et le jardin immense qui s'étend derrière, du côté opposé à la rue. J'y suis venue tellement de fois que je m'y sens chez moi.

Rose apparaît sur le perron.

– Dépêche-toi, j'ai froid ! me lance-t-elle avec de grands gestes.

– Tu t'es déjà préparée ? je constate, mi-admirative, mi-vexée qu'elle ne nous ait pas attendues.

Elle est habillée tout en noir, en jean et blouse décolletée. Elle porte d'immenses créoles dorées et affiche un maquillage de pro.

– Ouais, je m'ennuyais, répond-elle avec un haussement d'épaules. Viens voir !

Elle m'entraîne dans la cuisine. La table est recouverte de courses. Il y a des packs de bière, des sodas, des jus, un tas de trucs à grignoter, des pizzas surgelées, des bonbons. On se croirait dans un rayon de supermarché.

– Waouh...

– Cool, non ? Limite, j'ai envie d'annuler et qu'on mange tout ça toutes les trois en pyjama devant la télé...

Rose me conduit ensuite dans le salon pour me montrer l'endroit où Baptiste a installé l'ordinateur et les enceintes pour la musique. Il a aussi poussé les meubles contre les murs pour créer une piste de danse.

Quelques instants plus tard, on sonne et Malya nous rejoint. Elle aussi lance un coup d'œil surpris à Rose, puis me regarde.

– Bon, on va se préparer, du coup ?

Il nous faut une petite demi-heure pour enfiler nos tenues – une robe pour moi et une combinaison-pantalon pour Malya – et pour nous maquiller. On est tellement surexcitées qu'on part en fou rire pour absolument rien.

– Tu te rappelles la première fois qu'on a essayé de mettre du mascara ? je demande à Malya.

Et voilà, on est reparties. J'en pleure de rire. Non seulement je croyais qu'il fallait passer la brosse sur le dessus des cils, ce qui a surtout eu pour effet de me mettre du produit dans les yeux, mais en plus, on a eu la merveilleuse idée de tester ça avant d'aller… à la piscine. On a fait tout le chemin du retour avec des yeux de panda sans que personne ne nous dise rien.

Depuis, on a progressé en maquillage.

On prend un petit selfie pour immortaliser l'instant, avant de redescendre. Rose parle très fort au téléphone dans le salon. Quand elle raccroche, elle nous annonce avec un haussement de sourcils entendu :

– C'était Tuan. Et il m'a confirmé que Gabriel venait ce soir…

4

D'accord. Je ne vous ai pas vraiment tout dit sur la fête de ce soir...

J'ai oublié un tout petit détail.

Un détail d'un mètre quatre-vingt-trois précisément. Gabriel.

C'est un « nouveau ». Dans un collège-lycée comme le mien, où tout le monde se connaît depuis la sixième, ça signifie qu'il est arrivé en début d'année. Et comme il est grand, beau, musclé et qu'il a des yeux noirs incroyables, ce nouveau n'est pas passé inaperçu. J'ai eu de la chance, puisque c'est dans ma classe qu'il a atterri.

N'allez pas imaginer qu'il est tombé sous mon charme. Ni même qu'on est devenus amis. Mais au moins, il connaît mon prénom, et moi, je peux l'admirer toute la journée pendant les cours.

En plus, il est maintenant ami avec Nathan et Tuan, des garçons que je connais depuis le début du collège, ce qui me donne une bonne excuse pour lui parler de temps en temps, même si je n'ai jamais réussi à engager de vraie conversation avec lui. Pour le moment. Car c'est décidé, ce soir, ça va changer...

Comme il nous reste encore trente bonnes minutes avant l'heure officielle du début de la fête, Rose nous entraîne en cuisine et ouvre un placard. À l'intérieur, il y a des dizaines de bouteilles d'alcool. Du vin, du champagne, de la vodka, et d'autres que je n'identifie pas. Avec un sourire triomphant, Rose annonce :

– C'est la réserve de mon frère pour ce soir. Mais, vu tout ce qu'il a prévu, on peut bien lui en emprunter un peu.

Elle sort une bouteille et attrape du Schweppes dans le frigo.

– Vous voulez tester une tequila paf? propose-t-elle en récupérant des mini-verres dans un autre placard.

Malya secoue la tête.

– Non, merci. Je préfère attendre un peu avant de commencer à boire. Et plutôt du panaché.

Rose lève les yeux au ciel pour bien montrer à Malya qu'elle n'est vraiment pas drôle, puis se tourne vers moi.

– Tu vas pas te dégonfler, toi aussi ? C'est juste un verre pour tester !

Mon expérience de l'alcool se limite au cidre que j'ai parfois le droit de boire à la crêperie – et encore, seulement depuis cette année – et à la bière que j'ai goûtée pendant la semaine qu'on a passée à Londres au mois d'octobre avec la classe. Mais… on ne vit qu'une fois, et je suis curieuse. Alors, je hoche la tête. Rose nous sert deux petits verres et me montre comment faire.

– Tu mets ta main sur le verre et tu le frappes sur la table, avant de boire cul sec.

Je l'imite de mon mieux. Honnêtement, ça a un goût immonde, et ça brûle atrocement la bouche et la gorge. Mais Rose n'a pas l'air du même avis, puisqu'elle enchaîne avec un deuxième petit verre pendant que je me rabats sur les noix de cajou. Y a pas à dire, c'est vraiment meilleur.

5

Après une attente qui nous semble interminable, les premiers invités arrivent. D'abord deux personnes, puis un groupe de trois, puis, dans le quart d'heure qui suit, tout s'accélère. La maison se remplit, on monte le volume de la musique, ça rigole, ça discute. Nathan est trop fier d'avoir trouvé des gobelets rouges comme dans les films américains, et bientôt, tout le monde en a un à la main.

À 20 heures, quand je regarde autour de moi, le salon est plein, il y a du monde partout. On m'a donné une bière, que je bois lentement en faisant semblant d'écouter ce que raconte Manon : comme d'habitude, elle ne parle que d'elle et de sa vie formidable. Je ne comprends pas comment cette fille peut avoir autant de succès auprès des garçons. Enfin, je me rends bien compte qu'elle est belle, bien foutue et toujours hyper bien habillée par sa mère styliste. Mais est-ce que ça peut vraiment compenser une conversation à ce point inintéressante ? Visiblement, oui. Et j'avoue que ça me désespère un peu.

Je guette la porte d'entrée en espérant voir entrer Gabriel. Mais, pour l'instant, il se fait désirer. Je décide néanmoins de me laisser porter par l'ambiance. Au bout d'un moment, un petit groupe – dont Rose est la plus enthousiaste – décide de lancer un jeu à boire. Le concept ? Une personne dit quelque chose qu'elle n'a jamais fait, par exemple : « Je n'ai jamais séché un cours. » Et tous ceux qui l'ont déjà fait doivent boire.

– Cam ! Tu joues avec nous ? me crie Rose.

– Non, ça va, merci.

– Tant pis… De toute façon, tu boirais jamais ! lance-t-elle avant d'éclater de rire.

Elle est clairement déjà pompette, alors je me contente de sourire avant de m'éloigner. Je suis bien placée pour savoir que Rose n'a pas vécu plus d'expériences que moi, mais sa remarque me blesse quand même.

Le rez-de-chaussée est plein à craquer maintenant. J'ai l'impression que tous les élèves de seconde du lycée sont là. La musique est si forte que les basses résonnent dans tout mon corps, et je me sens bizarrement détendue. Je discute sans effort avec les gens que je croise, je danse…

Soudain, je repère Malya, assise dans l'escalier. Elle a un gobelet rouge à la main et est plongée dans une conversation avec Antoine.

Je cherche son regard. Elle doit avoir besoin que quelqu'un vienne la sauver. Parce qu'Antoine est le genre de mec sympa, certes, mais qui ne sait pas s'arrêter. Il est capable de parler pendant des heures de son sujet du moment, qui peut être tout aussi bien la conquête spatiale que les animaux des abysses. Le mec est un documentaire Arte à lui tout seul.

Ma bière est finie, mais Alina me tend une nouvelle bouteille quand je passe devant la cuisine. Décidée à sauver ma meilleure amie, j'essaie de me frayer un chemin vers l'escalier. Mais Nathan et Tuan se sont lancés dans un bras de fer, et un tas de garçons les encouragent bruyamment. Quand je tente de les contourner, je me prends un coup de coude d'Enzo, et la moitié de ma bière se renverse sur ma robe.

Je suis trempée. L'odeur est affreuse. Je soupire en reculant pour ne pas me faire marcher sur les pieds par Enzo, qui ne s'est rendu compte de rien. Quand je relève les yeux, je me retrouve nez à nez avec Gabriel.

– Salut, Cam ! Ça va ?

Avant que je puisse répondre, il plisse le nez.

– La vache, ça sent la bière, non ?

J'ai envie de pleurer. Je fais de mon mieux pour lui sourire malgré tout.

– Je reviens tout de suite !

– Quoi ? demande le lycéen le plus beau que la terre ait jamais porté.

– JE REVIENS TOUT DE SUITE ! je hurle.

Sans doute un peu trop fort, si j'en crois le regard surpris qu'il me lance.

– OK, OK ! lance-t-il en riant.

Cette fois, je n'hésite pas, je traverse la foule mains en avant, prête à repousser les coudes baladeurs.

Quand j'arrive au bas des marches, Antoine me lance un regard surpris.

– Cam, t'es trempée, constate-t-il.

– Merci, Sherlock ! j'aboie en me précipitant vers l'étage.

Je n'en peux déjà plus de sentir la bière. Je file dans la chambre de Rose au deuxième, où j'ai laissé mes affaires, et je me change pour réenfiler mon jean et mon T-shirt. C'est moins chic que ma robe, mais au moins, je suis propre.

Quand je jette un coup d'œil au miroir, je me rends compte que j'ai les joues rouges, et ma tête tourne un peu. Ça va passer.

6

Je redescends et je m'arrête sur le palier du premier étage pour chercher Gabriel parmi la foule. Pas trace de lui de ce côté. Et, bonne nouvelle, le bras de fer a laissé place à de la danse. Je me dépêche de rejoindre le rez-de-chaussée et je manque de rentrer dans un couple qui s'embrasse. Je m'apprête à m'excuser quand soudain, je réalise.

La fille devant moi, c'est Malya. Et elle est en train d'embrasser Antoine ! Quelle horreur ! Sans réfléchir, je la tire en arrière.

– Qu'est-ce que tu fais ? je lui souffle.

Elle rougit un peu.

– Bah… tu vois bien ce que je fais, me répond-elle avec un air un peu gêné.

Je fronce les sourcils sans comprendre.

– C'est un pari ? je chuchote. Ou tu as trop bu ? Parce que là, je te signale que tu es en train d'embrasser *Antoine*...

Visiblement, j'ai parlé plus fort que je ne le pensais : ce dernier me lance un regard noir avant de s'éloigner.

– Pourquoi t'as dit ça ? me demande Malya. C'est vraiment minable !

Elle a une expression blessée que je ne comprends absolument pas.

– Quoi ? Parce qu'Antoine te plaît, tout à coup ?!

– Mais c'est quoi, ton problème ? s'énerve Malya. Qu'est-ce que ça peut te faire qu'il me plaise ou pas ? Et de toute façon, comment tu le saurais, hein ? Tu ne me poses jamais de questions sur ce que je ressens, t'es bien trop occupée à parler de toi !

Cette fois, c'est moi qui suis vexée. Et quand ça arrive, je réagis toujours de la même façon : je contre-attaque.

– OK, alors il suffit que tu roules des pelles à un mec pendant trois minutes et ça y est, il compte plus que tes amies ? Super !

Malya me lance un regard dégoûté.

– J'ai même pas envie de répondre à un truc aussi débile, souffle-t-elle avant de me tourner le dos.

– C'est ça, va rejoindre l'amour de ta vie !

J'avoue, c'est pas très malin.

Mais elle vient de me traiter de grosse égoïste.

Je sens ma gorge se serrer. Je ne me dispute jamais avec Malya. Et je n'aime pas du tout cette sensation.

Je serre les dents. C'est le réveillon, la soirée qu'on attend depuis des semaines ! Je refuse de la passer à ruminer. Je m'excuserai demain. Pour l'instant, c'est le moment de s'amuser.

7

Dans la cuisine, où je passe pour me resservir à boire, je croise des nouveaux venus. Ils sont sans doute arrivés pendant que je me changeais. Je ne reconnais que Romain, qui est en première. Visiblement, il est venu avec des gens qui ne sont pas du lycée. J'ai à peine le temps de les observer que la troupe prend la direction du jardin. Quant à moi, je me fraie un chemin vers le salon.

Ça y est, je repère Gabriel : il a rejoint un groupe qui parle et rigole dans les canapés. Au milieu de cette bande trône Rose, super à l'aise dans son rôle de reine de la soirée. Je m'approche et je m'installe tant bien que mal sur l'accoudoir. Certes, ce n'est pas très confortable, mais au moins, je me retrouve juste en face de Gabriel.

– Mec, faut que tu nous rattrapes ! lui lance justement Mattéo. On a passé le début de soirée à se raconter nos pires secrets…

Gabriel répond avec un sourire provocant :

– OK, vas-y, qu'est-ce que tu veux savoir ?

– C'est quoi, ton type de fille ? questionne Rose sans hésitation.

Il réfléchit un peu en regardant le plafond, puis déclare :

– J'aime bien les filles libres. Qui n'ont pas peur d'être elles-mêmes…

Les exclamations moqueuses de ses potes le font rire. Tout le monde se met à parler en même temps, quand soudain, Rose se lève en criant :

– Oh là là ! J'adore cette chanson !

Elle monte sur la table basse et se met à danser les yeux fermés, encouragée par les autres. Je ne sais pas comment elle fait, mais avec elle, ce genre de choses semblent naturelles.

D'ailleurs, moi aussi, ce soir, j'ai envie de monter sur les tables. Alors je la rejoins. Rose pousse un cri de joie en me découvrant à côté d'elle. Je lève les bras, je ferme les yeux, j'oublie la bière renversée et je danse. Dans mes oreilles se mélangent les basses qui résonnent, des exclamations joyeuses, les gens qui essaient de parler malgré le bruit… Je me sens bien. J'ai l'impression qu'on est tous plus proches que jamais. Que tout est possible.

Je croise le regard de Gabriel.

On n'a qu'une vie.

Alors je descends de la table et je m'approche de lui. Je ne dis rien – de toute façon, avec la musique, il ne m'entendrait pas. Je me contente de sourire. Gabriel danse bien, il a l'air à l'aise sans trop en faire. Je me demande s'il a des défauts.

Ses yeux plongent dans les miens et j'ai soudain l'impression qu'il pense la même chose que moi : que malgré la foule autour, il n'y a plus que nous – lui et moi. C'est comme si j'étais enfin le personnage principal de l'histoire.

D'ailleurs, quand je regarde rapidement autour, je suis surprise de constater que personne ne fait attention à nous.

Je cherche Rose et Malya du regard. J'aurais aimé qu'elles me voient, qu'elles *nous* voient danser tous les deux, qu'elles me confirment que je n'ai pas rêvé. Mais je ne repère ni l'une ni l'autre.

En revanche, le frère de Rose et ses amis viennent de débarquer. Ils sont bien plus nombreux que je ne pensais, et je me demande comment on va tous tenir au rez-de-chaussée. Je jette un coup d'œil à la pendule : il est déjà 23 h 45 !

Dans un quart d'heure, il sera minuit.

Dans un quart d'heure, tout le monde se souhaitera une bonne année.

Dans un quart d'heure, j'embrasserai Gabriel.

8

Je ne peux pas m'empêcher de regarder sa bouche. La fossette qui se creuse dans sa joue quand il sourit. Rien que d'y penser, j'ai des papillons dans le ventre. Je ferme les yeux pour savourer cette incroyable sensation.

Et soudain, je sens quelque chose de bizarre. Comme si le sol se mettait à bouger tout seul et que j'avais le mal de mer. Je rouvre les yeux en espérant que la sensation disparaisse, mais non. C'est pire.

Je ne dois pas avoir l'air bien, car Gabriel se penche vers moi et me crie à l'oreille :

– Ça va pas ? Tu es toute blanche !

– Si, si, t'inquiète ! je réponds en affichant un sourire forcé.

Il reste dix minutes avant minuit. Je ne vais pas pouvoir tenir dix minutes dans cet état. Peut-être que ça ira mieux en me passant un peu d'eau sur le visage ?

– Je reviens tout de suite ! je lance en faisant un effort surhumain pour avoir l'air en forme.

Heureusement que je connais bien les lieux.

Je file droit vers les toilettes les plus proches. J'ai à peine le temps de refermer la porte derrière moi que je suis malade.

Mon ventre se tord, une fois, deux fois, trois fois. Je ne sais pas combien de temps ça dure, le monde tourne autour de moi, je suis agenouillée sur le sol, accrochée à la cuvette comme à une bouée.

Au bout d'un moment, j'ai l'espoir que le pire soit passé… jusqu'à ce que je me redresse. Et là, tout recommence. Je ne rends plus que de la bile, c'est affreux. Et ce bruit ! J'ai l'impression que tout le monde va m'entendre ! J'ai un goût atroce dans la bouche et je sens une sueur froide sur mon front.

Quelle heure est-il ? Gabriel va se demander pourquoi je ne reviens pas. Ou, pire, il va comprendre pourquoi je suis partie. Pitié, faites qu'il ne capte rien. Je préfère qu'il pense que je l'ai planté là ! S'il apprend la vérité, je ne pourrai plus jamais lui parler. Ni même le regarder !

Je me redresse avec prudence. On dirait que la nausée a disparu, cette fois. En revanche, les murs tanguent toujours. Je croise mon reflet dans le miroir.

– Oh là là, cette tête…

Je suis pâle à faire peur. Je me passe un peu d'eau sur le visage quand soudain, j'entends un chœur de voix.

Le décompte.

– 5… 4… 3… 2… 1… BONNE ANNÉE !

La Camille du miroir me regarde, mortifiée.

– Bonne année, Cam, je marmonne. Trop bien joué…

Soudain, on tambourine à la porte. Forcément, ça fait au moins dix minutes que je monopolise les toilettes du rez-de-chaussée…

Vite, je m'essuie le visage, je tire la chasse et mets un peu de *pschitt* pour masquer l'odeur. Puis je me force à sourire en ouvrant la porte.

– Désolée, désolée ! je m'écrie joyeusement.

Évidemment, c'est Manon qui attend et me lance un regard dégoûté avant de me pousser pour entrer. Parfait.

Je me sens nulle et sale et moche. Je n'ai pas le courage d'y retourner. Alors je grimpe l'escalier et je me réfugie dans la salle de bains du deuxième étage. Personne ne viendra me chercher ici. J'entends les rires, la musique, les basses qui montent. Tout le monde s'amuse, sauf moi. J'ai envie de rentrer, mais bien sûr, ce n'est pas possible. Alors je vais patienter le temps que ma tête arrête de tourner. Ensuite, j'irai me coucher. J'ai bien fait de prendre mon pyjama, finalement.

Je soupire et murmure :

– Je ne boirai plus jamais, c'est promis.

Je ne sais pas à qui je m'adresse exactement, mais une chose est sûre, je n'attendais pas de réponse.

9

– Bonne idée de promettre ça quand il n'y a personne pour t'entendre ! lance une voix amusée depuis l'autre côté de la porte de la salle de bains.

Je me sens devenir rouge comme une pivoine. Ce qui n'est pas très grave, puisque je n'ai aucune intention d'ouvrir.

– C'est qui ? je demande.

– Un ami de Baptiste. Et toi, t'es une copine de Rose ?

– Oui, je réponds, honteuse.

– Et t'as trop bu, continue le garçon.

Je n'ai aucune idée de la tête qu'il fait, mais sa voix est douce. Je n'ai pas l'impression qu'il me juge, plutôt qu'il constate la situation. Et peut-être même qu'il compatit un peu.

– Je ne m'en suis pas rendu compte, je bredouille. Ça allait bien, et puis *bim*.

Alors que je grimace, je l'entends rire de l'autre côté. Un rire un peu haut perché, qui ne va pas avec sa voix, mais qui me fait aussi sourire.

– C'est traître, l'alcool, déclare-t-il. On croit qu'on contrôle, et puis tout à coup, on est malade. On a la tête qui tourne, on vomit, j'ai même vu des mecs perdre connaissance. Et ça, c'est pour le court terme. Le pire, c'est que c'est un cercle vicieux : à force, certains ne peuvent plus du tout s'en passer pour s'amuser…

– Tu ne bois pas, toi ?

De nouveau, il glousse.

– Si, ça m'arrive, mais beaucoup moins que certains de mes amis. Un verre ou deux, maximum. Du coup, parfois, quand les soirées avancent, je remarque bien que tout le monde fait des trucs de plus en plus bizarres, parle de plus en plus fort, fait des blagues de moins en moins drôles… Et j'avoue que, de temps en temps, je m'échappe pour faire autre chose. C'est pour ça que je suis monté, là, par exemple.

– Tu allais faire quoi ?

– Écouter de la musique.

Je rigole.

– Je ne sais pas si tu es au courant, mais il y a de la musique en bas ! Pourquoi tu n'as pas juste mis ce que tu voulais sur l'ordi ?

– Parce qu'on m'aurait jeté des tomates, réplique le garçon.

– Quoi ?

– J'ai envie d'écouter de la musique sur laquelle les gens ne dansent pas, précise-t-il. Des groupes pas très connus. Si je mets ça en bas, en trente secondes, quelqu'un viendra me demander de changer.

J'acquiesce sans rien dire.

– Tu te sens un peu mieux ? me demande-t-il.

– Franchement ? Non. C'est horrible.

– Il faut que tu boives de l'eau.

– OK.

Je me lève doucement et bois au robinet par petites gorgées, pour ne surtout pas être de nouveau malade. Comme je n'ai pas envie que la conversation se termine, je m'installe juste derrière la porte de la salle de bains.

– Alors, tu vas écouter quoi, là ? je questionne.

– Un groupe de rock alternatif belge, m'explique le garçon. Ils sont géniaux. Tu veux tester ?

Je sens l'enthousiasme dans sa voix.

– Oui, pourquoi pas !

Le garçon lance une chanson sur son portable. Je m'allonge sur le carrelage, une serviette en guise d'oreiller.

– C'est cool.

Cette déclaration a l'air de satisfaire l'ami de Baptiste, qui décide d'élargir ma culture musicale en me faisant écouter un tas de titres dont je n'ai jamais entendu parler. J'apprends qu'il joue de la basse et qu'à la dernière fête de la musique, il a même joué dans la rue avec son groupe.

– Tu fais des études de musique ?

– Malheureusement non, répond-il, amusé. Mon père m'aurait mis à la porte dans la seconde si j'avais proposé un truc pareil. Je suis en prépa école de commerce…

– Horrible ! je m'exclame, avant de plaquer ma main sur ma bouche. Désolée, je dois encore être un peu pompette.

Mais le petit rire trop aigu résonne à nouveau.

– C'est toi qui as raison, c'est horrible.

Et il commence à me parler de sa famille, de ses études. On discute si facilement que je ne me rends pas compte du temps qui passe. Je finis juste par me sentir mieux.

– Je crois que ça ne tourne plus, je constate en me redressant. Et je vois net !

– Excellente nouvelle ! me félicite la voix de l'autre côté de la porte. On dirait que tu as survécu à ta première cuite.

– Et à ma dernière, je réplique. Je me suis pourri la soirée toute seule !

– Elle n'est pas encore terminée, me répond le garçon. Tu vas redescendre ?

Je me demande si c'est une invitation. S'il a envie de me voir « en vrai ». Mais aussitôt, je me raisonne. C'est un ami de Baptiste, il a donc environ cinq ans de plus que moi. Et il sait que je viens d'être malade parce que j'ai trop bu. Pas très reluisant. Non, je préfère qu'on reste anonymes.

– Oui, mais d'abord, je vais me rafraîchir un peu.

– OK, on se croisera sûrement en bas, alors.

J'entends ses pas qui s'éloignent. De la musique monte toujours du rez-de-chaussée, mais il me semble que les voix sont un peu moins nombreuses que quand je suis montée tout à l'heure.

Allons voir ce que j'ai manqué.

10

Quand j'arrive au rez-de-chaussée, la première chose qui me frappe, c'est l'état du salon. Il doit être bien plus tard que je le pensais, car la maison s'est beaucoup vidée. Il y a des gobelets et de la nourriture partout sur le sol, au milieu de grappes de gens. Certains dansent encore, d'autres sont affalés par terre. On dirait que quelqu'un dort devant la porte de la cave. Le miroir accroché au-dessus de la console de l'entrée est tombé, il est fendu sur toute sa hauteur.

– Oh là là…

C'est une catastrophe. Rose doit être dégoûtée. Je me mets à sa recherche – je vais lui proposer de l'aide pour ranger. Si on s'y met à plusieurs, je suis sûre qu'on pourra tout remettre à peu près en état pour le retour de ses parents.

Comme elle n'est ni dans l'entrée ni dans le salon, je vais dans la cuisine. Et je m'arrête sur le seuil, foudroyée.

J'ai l'impression qu'on vient de me frapper. Comme la fois où Nathan était trop content d'avoir pris son premier cours de boxe et qu'il a voulu me montrer ce que c'était qu'un « chassé ». Il se trouve que c'est un coup de pied dans le ventre, du genre qui t'envoie valser à un mètre en arrière.

Je ne savais pas que Rose avait pris des cours de boxe.

Parce que là, à moins de deux mètres de moi, elle est en train d'embrasser Gabriel. Et ce n'est pas un petit smack en passant, pour rire ou pour jouer. Non, c'est un vrai baiser, les yeux fermés. Elle entoure son cou de ses bras, et lui a glissé une main dans les cheveux de mon amie.

Je viens d'être rétrogradée au rang de personnage secondaire. Je recule sans réussir à détourner le regard, jusqu'à ce que je sente les larmes monter.

Comment ? Comment c'est arrivé ? Comment elle a pu faire ça ? Comment j'ai pu rater ma chance ? Comment ? Des milliers de « comment » tournent et s'entrechoquent.

Il faut que je trouve Malya.

Il me faut une seconde pour me rappeler que cette dernière, si elle est encore là, n'aura sans doute aucune envie de me parler.

Je veux rentrer chez moi.

Alors que je m'apprête à me laisser tomber sur un fauteuil, j'entends des éclats de voix dans l'entrée. Je m'avance.

Romain est devant la porte avec les mecs de tout à l'heure, ceux qui ne sont pas du lycée. Et ils sont en train de s'embrouiller avec Baptiste et ses amis. Le frère de Rose leur demande de partir, mais ils refusent.

Les deux groupes en viennent aux mains. Un pote de Romain s'énerve et lance un coup de poing à un ami de Baptiste. Au bruit du choc, je comprends que c'est sérieux. Il faudrait faire quelque chose, mais je suis paralysée, incapable de bouger ou même de parler.

D'autres invités essaient de les séparer, mais l'altercation prend de l'ampleur. Baptiste se prend un coup au visage. Sa copine arrive à ce moment-là et pousse un cri en voyant son nez en sang. Puis je l'entends à côté de moi.

– J'appelle la police !

C'est comme si j'étais dans un rêve – un cauchemar, plutôt. Tout se déroule comme à distance, à travers une vitre un peu sale. La bagarre se calme, les autres réussissent à retenir les plus énervés.

Et puis les sirènes retentissent, se rapprochent. Et les policiers débarquent. Deux qui questionnent ceux qui se sont battus. Une policière qui fait le tour du rez-de-chaussée.

Du coin de l'œil, je vois Rose et Gabriel s'approcher. Main dans la main.

J'entends la policière déclarer :

– Il y a plein de mineurs, ici, et beaucoup trop d'alcool... Il va falloir rentrer chez vous, maintenant. Appelez vos parents pour qu'ils viennent vous récupérer.

À ce stade, je devrais m'effondrer en larmes, supplier les policiers de ne rien dire ou tenter d'aller me cacher dans les étages. Faire quelque chose, n'importe quoi. Mais c'est comme si je n'avais soudain plus aucune énergie. Je ne sais pas combien de temps se passe. Quand la policière me demande mon portable, je le lui tends comme une somnambule. Je l'entends parler à mes parents, les rassurer et leur expliquer la situation.

C'est ma mère qui débarque, dix minutes plus tard, en pyjama sous son grand manteau. Le regard qu'elle me lance est si plein de déception que j'ai envie de disparaître pour toujours.

Je la suis sans me retourner.

Dans la voiture, je regarde la ville défiler. En une soirée, j'ai perdu la confiance de mes parents, tout espoir de sortir avec mon crush et une – ou peut-être même deux – amies.

Tout, en fait.

Quand on arrive à la maison, je marmonne, sans oser regarder ma mère :

– Je suis désolée…

– On parlera de tout ça demain, me dit-elle d'une voix glaciale. Va te coucher.

J'acquiesce et file me réfugier sous ma couette.

Je vais être privée de sortie pour le restant de mes jours. Ou au moins jusqu'au bac. Ce qui est peut-être une bonne chose, si j'en crois ce qui s'est passé ce soir. Je ne dois pas être faite pour les soirées.

Je ferme les yeux et, en quelques secondes à peine, je m'endors, épuisée.

11

La sonnerie de mon portable me tire d'un lourd sommeil sans rêves.

La lumière me fait plisser les yeux. Je ne sais pas combien de temps j'ai dormi, mais il fait jour dehors.

J'ai mal à la tête, la bouche sèche, le ventre en vrac. Et surtout, je n'ai aucune envie d'affronter les conséquences de la soirée d'hier… Mais évidemment, je n'ai pas le choix.

J'attrape mon téléphone. J'ai un appel manqué de Malya. Ma gorge se serre. Est-ce qu'elle m'en veut toujours ? Je ne sais même pas quand elle est partie, hier. Elle a raison : je suis une mauvaise amie, uniquement préoccupée par mes propres problèmes. Dire que je me suis moquée d'elle, quand elle s'inquiétait au sujet de cette soirée ! Parfois, ceux qui imaginent le pire ont raison, même si personne ne les croit.

Je soupire. Est-ce que je veux me faire engueuler d'abord par mes parents ou par ma (potentiellement ex-) meilleure amie ? On dirait ce jeu où il faut choisir entre deux propositions aussi horribles l'une que l'autre.

Va pour Malya.

– Cam ?

– Je suis désolée pour hier, je commence sans lui laisser le temps de parler. Je n'aurais jamais dû dire ça devant Antoine et…

– Quoi ? Qu'est-ce que tu racontes ?

Elle semble vraiment stupéfaite, comme si elle n'avait aucune idée de ce dont je parlais.

– Hier, à la soirée, j'explique, un peu déstabilisée.

Elle ne peut pas avoir oublié, impossible. Mais mon amie explose de rire.

– Mais c'est ce soir, la fête, Cam ! T'as fait un cauchemar ou quoi ?

– Ce… ce soir ? je répète en me redressant brusquement dans mon lit.

– Bah oui ! On fait généralement le réveillon le soir du 31 décembre, tu vois l'idée ?

Elle rigole toute seule avant de reprendre :

– Tu vas dire que je flippe pour rien, mais j'ai peur que ma mère et Olivier débarquent et qu'on se fasse griller.

– Je… Attends, je te rappelle.

Je lui raccroche au nez. Là, sur l'écran de mon téléphone, il y a écrit « 15:07 », et juste au-dessus : « 31 décembre ».

OK.

Je sens mon ventre se tordre. Est-ce que je suis en train de devenir folle ? Est-ce que c'est Malya qui a raison ? Est-ce que cette soirée infernale n'était qu'un cauchemar ?

Je sens une petite flamme d'espoir brûler en moi. Pourtant, je sais bien que je n'ai pas rêvé. Tout ça était réel, bien trop réel.

Je vais vérifier sur mon ordinateur. 31 décembre.

Mon sac traîne par terre. À l'intérieur, je retrouve ma robe… qui sent encore la bière. Donc la soirée a bien eu lieu. Et pourtant, on est à nouveau le 31 décembre, et Malya ne se souvient de rien.

Mon portable sonne à nouveau. C'est Malya.

– Meuf, qu'est-ce qui t'arrive ? me demande-t-elle, plus inquiète qu'en colère.

– Je… je ne sais pas, j'ai fait la sieste et je me sens bizarre, j'improvise. Excuse-moi pour tout à l'heure.

– T'inquiète, j'ai appelé Rose et elle m'a rassurée à ta place. J'ai décidé de profiter de ma soirée au lieu de stresser !

Je n'arrive pas à partager son enthousiasme. Je repense à la catastrophe de la veille – ou de l'univers parallèle dans lequel la soirée a eu lieu… Toutes les pires craintes de Malya ont été confirmées. Je dois la prévenir. Mais… la prévenir de quoi, puisque rien n'est encore arrivé ?

– Bon, je te laisse te réveiller, soupire Malya, agacée par mon silence. On se voit tout à l'heure, de toute façon !

Je raccroche, perplexe.

Ce phénomène incompréhensible est-il une *bonne* ou une *mauvaise* chose ?

12

Après avoir considéré la question pendant un bon moment, je prends une décision. C'est une bonne chose. Une deuxième chance. Après tout, la soirée ne peut pas plus mal tourner que celle d'hier.

Si ?

Non.

Je vais discrètement rincer ma robe puante dans la salle de bains, avant de la mettre dans la machine. Nouvelle soirée, nouvelle tenue. Et cette fois, je glisse deux robes différentes dans mon sac. On ne sait jamais. J'ajoute mon pyjama. Je suis prête.

Le texto de Rose arrive, comme prévu. Il est l'heure.

Mais quand j'entre dans le salon, où, sans surprise, mes parents jouent à un jeu de société avec mon petit frère, je sens mon cœur se serrer. Je me souviens trop bien du regard déçu de ma mère. Je me sentais si mal de lui avoir menti... est-ce que j'ai vraiment envie de recommencer? Est-ce qu'il n'y aurait pas une autre façon de faire?

Et si ma deuxième chance, c'était d'aller à la soirée, mais avec leur accord, cette fois-ci? Si je leur avoue la vérité, peut-être qu'ils accepteront que j'y aille, quitte à ce qu'ils viennent me chercher juste après minuit...

Oui, MAIS. Si je leur avoue que j'ai menti jusqu'ici, il est aussi tout à fait probable qu'ils soient fâchés. Et qu'ils refusent de me laisser partir. Ce qui veut dire que je manquerai la soirée de l'année. Que je ne verrai pas Gabriel. Que je ne pourrai pas essayer de modifier le cours des événements. Est-ce que ce ne serait pas jeter ma deuxième chance à la poubelle?

– Tu pars à ta soirée pyjama? demande mon père en relevant soudain la tête vers moi. Tu as pensé à prendre ton portable?

Je croise le regard de ma mère, qui me sourit. Si je veux dire quelque chose, c'est maintenant.

Attention, à partir d'ici, ce roman ne se lit plus dans l'ordre !

Pour continuer ta lecture, tu vas devoir faire des choix.

En fin de chapitre, tu découvriras plusieurs propositions, chacune accompagnée d'un numéro. Il s'agit du numéro du chapitre où tu dois te rendre pour poursuivre. Pour le trouver, c'est facile : il est indiqué en gras en haut de la page !

Tes choix te mèneront à des fins différentes. Quand tu en auras lu une première, n'hésite pas à revenir ici pour voir ce qui se serait passé si tu avais fait d'autres choix ! Et si tu es du genre à vouloir lire toutes les fins, sache qu'il y en a neuf possibles.

Tu as tout compris ? Alors, si tu penses que Cam ne doit rien dire à ses parents, tu n'as plus qu'à te rendre au ***chapitre 20****… et si selon toi elle devrait leur avouer la vérité et leur demander l'autorisation d'y aller quand même, rendez-vous au* ***chapitre 32*** *!*

À toi de décider !

13

La première chose dont je dois m'occuper, c'est ce problème de squatteurs. Sinon, même si on passe tous un début de soirée génial, ça finira quand même mal. Quel est l'intérêt de sortir avec Gabriel si après, je ne peux plus jamais le voir parce que je suis enfermée dans ma chambre jusqu'au bac, hein ? Et c'est bien beau d'aider Malya à conquérir Antoine, mais c'est pareil, si elle rentre chez elle escortée par la police, je ne pense pas que sa mère et son beau-père l'autoriseront à ressortir de sitôt. Donc ma priorité, c'est d'empêcher Romain et ses potes d'entrer.

Pour ça, j'ai une alliée de poids : la grille noire de la maison de Rose. Elle s'ouvre et se ferme à distance ;

les parents de Rose ont fait installer une caméra qui permet de savoir qui sonne. Pour l'instant, la grille est entrouverte et n'importe qui peut donc entrer. Et même si je vais la fermer, les prochains arrivants risquent de la laisser ouverte, ou alors, au premier coup de sonnette, n'importe qui viendra appuyer sur le bouton de l'interphone pour la rouvrir...

Non, ce qu'il faut, c'est un portier. Quelqu'un qui reste devant l'interphone, vérifie qui entre et rappelle à tout le monde de refermer derrière lui. Sauf que c'est aussi la façon la plus ennuyeuse possible de passer son réveillon, et que je ne vois pas bien qui accepterait de faire ça.

Du coup, le mieux, c'est de diviser le travail. Je m'avance sur la piste de danse pour aller trouver Rose.

– Je peux te parler deux secondes ?

– Je suis en train de danser ! réplique-t-elle. Et tu devrais en faire autant !

Elle tente de m'agripper pour que je la rejoigne, mais je secoue la tête.

– Dans cinq minutes, je promets. Il faut que je règle un truc avant.

Rose hausse les épaules et me tourne le dos. On va dire qu'elle est d'accord pour que j'organise les entrées de la soirée.

Je prends mon courage à deux mains et me dirige vers l'ordinateur. Tuan, Nathan et Gabriel sont penchés sur la playlist.

– On a besoin de volontaires pour gérer la sécurité ! je lance, parce que c'est plus vendeur que de parler de l'interphone.

Comme je l'espérais, tous les trois se redressent, montrant qu'ils ont les épaules pour jouer les videurs, même Tuan, qui est deux fois moins épais que Gabriel.

– Vous vous souvenez de Romain, qui était avec nous en quatrième ? Il a dit qu'il viendrait avec des potes, mais il n'est pas invité, et il ne faut pas le laisser entrer, j'explique.

– Ah bon ? s'étonne Nathan. Pourquoi ? Il était sympa, Romain.

– Ouais, mais ses potes, c'est des mecs qui viennent juste pour se mettre minables et tout péter, j'explique en prenant un air très sûr de ce que j'avance.

– Ah ouais, OK, répond Tuan. Mais tu veux qu'on fasse quoi ?

En quelques mots, je leur précise mon plan. Rester près de l'interphone, vérifier qui sonne à la grille, laisser entrer si ce ne sont pas les indésirables et bien dire de refermer derrière soi.

– Il suffit qu'on soit assez nombreux, je termine. Comme ça, chaque personne passe une demi-heure à faire ça, c'est vite passé !

– Moi, je le connais pas, alors ça me concerne pas, lance aussitôt Gabriel. Mais amusez-vous bien, ajoute-t-il en s'éloignant. Je vais me chercher une bière !

Zut, moi qui espérais faire d'une pierre deux coups en lui proposant de lui tenir compagnie pendant son tour de garde, c'est raté…

– Bon, moi, je suis OK, annonce Tuan. Mais je commence, alors !

Il se tourne vers Nathan et lance :

– Tu me relèves dans une demi-heure !

L'intéressé soupire.

– OK, OK, ça marche. Mais tu m'en dois une, Cam.

Je hoche la tête.

Puis je file chercher un bloc-notes et un stylo pour établir les tours de garde. Je me mets en quête de bonnes âmes qui savent à quoi ressemble Romain, et surtout, qui acceptent de perdre trente minutes de leur soirée à garder l'interphone.

Autant dire que ce n'est pas une mission facile. Peut-être même impossible…

J'ai l'impression de faire un de ces petits boulots où on arrête les gens dans la rue pour leur demander de donner à une association – ces pauvres étudiants qui portent une veste de Médecins sans frontières ou des Restos du cœur et qui tentent d'alpaguer les passants. Quand ils en voient, mes parents changent de trottoir. Ou, s'il est trop tard pour les éviter, secouent la tête en disant : « Désolés, on est pressés. » Même si on n'est pas du tout pressés, vu que c'est dimanche et qu'on revient du marché.

Bref, avec mon stylo et mon bloc-notes, j'ai l'impression d'être une pestiférée. Dès que j'approche, tout le monde s'écarte.

Après une heure d'efforts, j'ai quand même réussi à ajouter deux noms sur la liste : Alina, qui est justement en train de prendre le relais de Nathan, et Enzo. Ensuite… eh bien, si je n'ai trouvé personne d'autre, ce sera moi. Pas le choix !

Bien sûr, j'aurais pu demander à Malya, mais je l'ai soigneusement évitée jusqu'ici. Si je veux qu'elle ait une chance de se rapprocher d'Antoine avant qu'il parte, mieux vaut qu'elle ne soit pas coincée face à un interphone à cause de moi !

Alors que je cherche des yeux quelqu'un que je n'aurais pas encore interrogé, je constate que Gabriel est en train de discuter avec Manon et Nathan, une bière à la main.

Super. Si ce n'est pas Rose qui finit par l'embrasser, cette fois, ce sera Manon. Est-ce que j'ai vraiment fait le bon choix ce soir ?

Je soupire, découragée. Pour ce qui est de passer une meilleure soirée, pour le moment, ce n'est pas gagné. Aussi, je décide de m'accorder une petite heure. Même si c'est la seule que je passe à m'amuser, ce sera toujours ça de pris !

Je rejoins Rose sur la piste de danse ; elle pousse de grands cris de joie en me voyant arriver, ce qui me redonne aussitôt le sourire. Comme elle a fait de la danse toute son enfance, elle est super à l'aise sur tous les types de musique. Alors je me mets en face d'elle et j'imite quelques-uns de ses mouvements. On chante les paroles des chansons qu'on aime bien, on rigole, je sens que je transpire, mais je m'en fiche. J'ai enfin l'impression d'être dans une soirée, une vraie.

Je regarde les gens autour de moi, les visages de ceux qui dansent. Lyna a les yeux fermés, emportée par la musique. Elle a l'air vraiment dans son monde, on dirait qu'elle se fiche complètement de ce qu'on pense d'elle.

J'essaie de me lâcher, moi aussi. De ne pas penser que Gabriel se trouve au bord de la piste, de ne pas remarquer que Manon a posé la main sur son bras pour lui souffler quelque chose à l'oreille.

Soudain, on me tape sur l'épaule. C'est Enzo.

– Merde, j'ai raté mon tour ? je lui demande, paniquée.

– Non, non, me rassure-t-il. C'était juste pour te dire que Romain et ses potes sont repartis.

– Quoi ?

– Bah, ils ont essayé d'entrer, ils ont sonné et tout, m'explique le garçon, mais je leur ai dit que c'était une soirée privée.

J'ouvre de grands yeux.

– Et ils ont répondu quoi ?

– Bah, au début, ils se sont un peu énervés, y en a même un qui a filé un coup de pied dans la grille.

Enzo rigole et reprend :

– Mais c'est du solide, le truc. Bref, quand ils ont vu qu'on les laisserait pas passer, ils sont partis. Je les ai entendus dire qu'ils allaient au centre-ville...

Je saute de joie sur place. Mon plan a fonctionné ! Et en plus, je ne vais même pas avoir besoin de passer ma soirée devant l'interphone ! Je remercie mille fois Enzo, puis le laisse partir vers la cuisine.

Bon, maintenant que ce problème est réglé, quelle est la prochaine étape ?

• **POUR ALLER VOIR GABRIEL, C'EST EN 25.**

• **POUR TENTER D'AIDER MALYA, RENDEZ-VOUS EN 21.**

14

Si je veux avoir la moindre chance que ce réveillon se termine bien, il faut que je règle le problème des squatteurs. Sinon, ça finira par une bagarre, l'arrivée de la police, les coups de fil aux parents et l'interdiction de sortir à vie.

Et comme le dieu du timing est facétieux, au moment où je me fais cette réflexion, la porte s'ouvre et je vois entrer… Romain et ses potes.

Non, non, non, non!

Plus question de les empêcher d'entrer maintenant, je vais devoir me rabattre sur le plan B : les faire sortir avant qu'ils ne causent trop de dégâts…

J'attrape Tuan qui ressort de la cuisine.

– Va falloir que tu m'aides, je lui annonce.

– À faire quoi? crie-t-il dans mon oreille.

– Y a Romain qui vient d'arriver avec des mecs qu'on connaît pas. Il faudrait les faire partir avant que ça dégénère.

Tuan me regarde avec de grands yeux.

– Romain, *Romain* ? demande-t-il. Celui qui était avec nous en quatrième ?

Je hoche la tête.

– Bah, on le connaît, déclare mon pote en haussant les épaules. Pourquoi ça te dérange qu'il soit là ?

– S'il était tout seul, ça irait, mais là… il est venu avec quatre mecs qui sont pas du lycée, et je sens que ça va mal se passer…

Tuan rigole.

– Ah ouais, tu sens ça, toi ? Tu devrais te détendre un peu, non ? Viens danser !

Il commence à faire une sorte de moonwalk raté sur place et je comprends que ce n'est pas lui qui va me filer un coup de main.

– Ouais, je vous rejoins, je lui assure tandis qu'il s'éloigne à reculons.

Je dois absolument trouver une solution pacifiste pour les faire dégager. Ce serait même encore mieux si l'idée de partir venait d'eux ! Pour ça, il faudrait qu'ils trouvent que cette soirée est trop nulle… ou alors qu'ils pensent qu'il y a mieux ailleurs !

Ravie de ma nouvelle idée, je vais m'asseoir sur un des canapés poussés contre le mur du salon – le plus éloigné des enceintes, histoire de ne pas devenir sourde – et je commence mes recherches sur les réseaux sociaux. Après tout, on est le 31 décembre, il y a forcément un réveillon beaucoup plus stylé que celui-ci dans le coin. Je parcours les photos et les stories des gens du lycée. Chez les grands-parents, c'est un non. Soirée pyjama marathon Disney, refusée. Sous la tente avec les scouts, je ne sais pas pourquoi, mais je pense que ça ne tentera pas Romain. Enfin, je tombe sur le plan parfait : un groupe d'élèves de terminale qui se filment en train de danser sur la place Jaurès. C'est noir de monde, il y a la musique à fond et, en fouillant un peu, j'apprends qu'il y a un feu d'artifice prévu à minuit. Ça pourrait marcher ! Je jubile, hyper fière de moi, avant de réaliser que le plus gros reste à faire : leur donner envie d'y aller.

Devant moi, la piste de danse s'est bien remplie. Je souris en apercevant Rose au milieu. Les yeux fermés, les bras en l'air, elle a l'air complètement absorbée par la musique. Au moins, il y en a une qui passe une bonne soirée ! À côté d'elle, Tuan continue à exécuter des chorégraphies improbables tandis que Nathan se contente de bouger les pieds en rythme – plus sobre, tu meurs. Lyna danse avec Alina, toutes les deux chantant les paroles à tue-tête. Et derrière elles... Gabriel. Comme à chaque fois, mon regard se bloque sur lui quelques secondes, comme aimanté. Il est au bord de la piste de danse, debout face à Manon. Elle a la main posée sur son bras et elle se met sur la pointe des pieds pour lui dire quelque chose à l'oreille. En les voyant, je me demande si je n'ai pas fait une erreur de stratégie dans la gestion de ma soirée.

Je me secoue. Il n'est pas trop tard. Je gère le problème de Romain et de ses potes, je reviens, et j'éblouis Gabriel avec... avec... je ne sais pas encore quoi, mais peu importe. Ce qui compte, c'est que ça se termine par un baiser à minuit.

Et si je veux que ça arrive, j'ai plutôt intérêt à me dépêcher ! Je m'avance vers Nathan, qui est le mec le plus populaire que je connaisse.

– J'ai besoin que tu m'aides pour un truc.

– Vas-y, dis.

– Il faut que tu viennes dans la cuisine avec moi et qu'on ait une fausse conversation sur le feu d'artifice à Jaurès. Je te montre une story et tu dis que c'est trop cool et que tu vas y aller pour fêter la nouvelle année... Tu vois le genre, quoi.

Nathan fronce les sourcils.

– Euuuh, je crois, oui, mais pourquoi tu veux que je fasse ça ?

– Je t'expliquerai.

Il hausse les épaules et me suit jusqu'à la cuisine. Romain et ses quatre potes sont toujours là, comme je l'avais prévu, occupés à descendre le stock de bière.

Je m'arrête juste à côté, dos à eux, Nathan face à moi, puis je me concentre pour faire ressortir mes talents cachés d'actrice, et je lance en brandissant mon portable :

– Waouh, t'as vu, ça a l'air tellement ouf, la soirée place Jaurès !

Nathan regarde la story et répond d'une voix forte :

– Ah ouais, avec feu d'artifice, et tout ! Y a l'air d'avoir du monde. Eh, mais c'est les mecs de la terminale 3, là ?

– Ouais, ils arrêtent pas de poster depuis tout à l'heure !

J'ai l'impression qu'on a réussi à capter l'attention de Romain et de ses potes, car leur conversation s'est arrêtée. Il est temps d'en rajouter une couche.

– C'est un peu mort, ici, non ? je demande à Nathan. En plus, il paraît que le grand frère de Rose et ses potes vont débarquer et qu'ils veulent pas qu'on touche à leurs bouteilles…

– Ah ouais, chaud ! s'exclame Nathan. Je crois que je vais bouger, moi.

Alors que je m'apprête à le relancer, Tuan, Gabriel et Manon surgissent à côté de lui. Je reste figée, trop surprise pour réagir.

– Bouger où ? demande Tuan.

– À Jaurès, pour le feu d'artifice, répond Nathan en me faisant un clin d'œil.

– Oh, j'adore les feux d'artifice ! s'écrie Manon en sautillant sur place. Si tu y vas, je viens avec toi !

J'ai une sueur froide. Si tout le monde s'en va à cause de moi, Rose va me tuer. Mais au même moment, j'entends un des potes de Romain dans mon dos :

– Viens, on se casse aussi…

– Attends, je prends des bières, répond Romain.

Je n'en reviens pas : mon plan a fonctionné ! Je suis à la fois super fière et complètement en panique, puisqu'en face de moi, Manon se jette dans les bras de Gabriel qui vient de lui proposer de l'emmener place Jaurès en scooter.

– On les rejoint à pied ? demande Tuan à Nathan.

Comme Romain et les quatre autres sont sortis de la cuisine, je lui souffle :

– Non mais, en fait, on n'y va pas vraiment, c'était juste pour les faire partir eux…

– Mais si, c'est une trop bonne idée, lance Tuan. J'ai envie d'y aller, moi !

Je me tourne vers Nathan pour qu'il me soutienne… mais il approuve. Devant mon air horrifié, il ajoute :

– T'inquiète, on repassera après !

Sidérée, je les regarde récupérer leurs affaires et partir tous les quatre. Alors ça, je ne l'avais pas vu venir… Je retourne m'affaler sur un canapé du salon pour digérer.

Bravo, Cam, tu viens de trouver une nouvelle manière de gâcher ton réveillon !

J'essaie de me raisonner : après tout, j'ai réussi à accomplir tout ce que j'avais noté sur ma liste…

Je suis en train de me demander ce que je vais faire maintenant quand Baptiste et ses amis entrent dans le salon. Ils sont une vingtaine, et leur arrivée insuffle une nouvelle énergie à la soirée.

En quelques minutes, ils changent la musique, règlent les lumières. La piste de danse se remplit de gens plus âgés, sûrs d'eux, qui dansent mieux, s'interpellent, rigolent. Depuis mon canapé, je regarde tout ça avec admiration. Un jour, je serai comme eux, moi aussi.

Je regarde les garçons. Celui qui a été si patient avec moi la dernière fois doit se trouver là, quelque part. Je pense un instant que je pourrais essayer de le retrouver… et puis je me souviens que lui n'a pas vécu la soirée d'hier. Pour lui, je n'existe pas. Alors, à la place, je rejoins Rose sur la piste.

– Cam ! crie-t-elle en levant les bras, aussi enthousiaste que si je revenais d'un voyage au bout du monde.

La voir si heureuse me rassure. J'ai fait le bon choix. Et finalement, le fait que Gabriel ne soit plus là est assez libérateur. Je peux enfin m'amuser sans chercher à tout contrôler !

Je ne sais pas depuis combien de temps je suis en train de danser quand je vois Malya et Antoine arriver, main dans la main. Puis soudain, quelqu'un baisse la musique et crie :

– Il va bientôt être minuit !

Un ami de Baptiste allume la télé alors que tout le monde se presse dans le salon. Le compte à rebours commence, et cette fois, je crie avec tout le monde.

– 5… 4… 3…

Je sens une main sur mon épaule et me retourne, surprise.

Malya me sourit. Elle attrape le bras de Rose de l'autre main.

– 2… 1… BONNE ANNÉE !

Au lieu d'embrasser Gabriel comme j'en avais rêvé, je serre mes deux meilleures amies dans mes bras.

– Tu ne voulais pas embrasser Antoine ? je chuchote à l'oreille de Malya au bout de quelques secondes.

– Qui te dit que ce n'est pas déjà fait ? me répond-elle avec un sourire ravi.

– Quoi ?! s'exclame Rose, stupéfaite. Attends, pourquoi je ne suis pas au courant, moi ?

– Parce que tu étais en train de profiter de la meilleure soirée de l'année, je lui fais remarquer.

Autour de nous, tout le monde crie, applaudit, rigole. La copine de Baptiste ouvre une bouteille de champagne, plusieurs personnes balancent des confettis sur tout le monde.

– Ah ! J'en ai eu dans la bouche ! proteste une fille entre deux hoquets de rire.

– Les gars, on fait une déli-délo ?

Stupéfaites, on voit les amis de Baptiste se préparer à lancer un chat géant.

– La prison, c'est le grand arbre du jardin, annonce le grand frère de Rose d'une voix forte.

Puis il se désigne comme chat, ainsi que deux de ses amis, et ajoute :

– Ceux qui ne veulent pas jouer, cachez-vous dans la cuisine !

– Attends, ils ne vont pas vraiment faire une déli-délo ? je demande à Rose, incrédule.

– Ah, si si ! répond-elle en se dirigeant vers la cuisine. Ils font tout le temps des trucs comme ça dans leurs soirées.

Je glousse. Et moi qui les voyais comme des adultes !

Pourtant, quand Malya et Antoine partent eux aussi vers la cuisine, je ne les suis pas.

– Tout le monde est prêt ? C'est parti !

Avec des hurlements, toutes les proies s'éparpillent dans la maison. Comme les autres, je pars droit devant. J'ai l'avantage de connaître le terrain. Je me cache derrière la porte du placard de l'entrée, d'où je vois sans être vue.

– Ne crie pas, chuchote soudain une voix à côté de moi.

Je dois plaquer une main sur ma bouche pour ne pas hurler de surprise.

– Qui est là ? je demande une fois que mon cœur a recommencé à battre normalement.

– Sacha.

Je fronce les sourcils. Difficile à dire puisqu'il chuchote, mais je me demande si je ne connais pas cette voix.

– Je suis un ami de Baptiste, précise-t-il.

Mais oui ! Je retiens un nouveau cri. C'est le garçon qui m'a parlé à travers la porte de la salle de bains hier.

Pas de doute, je reconnais la façon dont il prononce le prénom du frère de Rose.

– Moi, c'est Cam, je souffle. Et tu es dans ma cachette !

– Techniquement, j'étais là avant toi. Et ce placard est assez grand pour nous deux.

Je ris le plus silencieusement possible.

– C'est l'inverse des westerns, quoi. Je me suis toujours demandé pourquoi la ville était trop petite pour deux cow-boys qui se détestent.

– Exactement ce à quoi je pensais, réplique-t-il. Content de rencontrer quelqu'un qui comprend mon humour.

– En même temps, on est tous les deux en train de jouer à la déli-délo au beau milieu d'une soirée de réveillon, je lui fais remarquer. Je pense qu'on peut en conclure qu'on est bizarres…

– Bizarre, ça me va. C'est toujours mieux que conforme.

Je souris dans le noir. Pas étonnant de la part de quelqu'un qui s'isole en soirée pour écouter des groupes de rock improbables.

– Ah, tu es du genre à refuser de lire les livres ou de voir les films à la mode ? Si ça plaît à tout le monde, c'est nul ? je le taquine.

– Alors là, pas du tout ! proteste Sacha. Je rêve ou t'es en train de me traiter de snob ?

Je jette un œil à l'extérieur du placard, puis je lui chuchote :

– Impossible avec des amis comme les tiens !

Il fronce les sourcils et s'avance à son tour pour regarder dans l'entrée. Le spectacle est hilarant. Entre ceux qui se cassent la figure en essayant d'échapper aux chats, ceux qui en font des caisses quand ils sont touchés et ceux qui n'ont visiblement jamais appris à courir, on se croirait au cinéma.

Mon dernier rire est d'ailleurs un peu trop fort, car la voix de Baptiste résonne à travers le salon.

– Cam, je t'ai entendue !

Mue par mon instinct de survie, je bondis hors de notre cachette, abandonnant Sacha sans me retourner.

Je l'entends protester quand il est touché par Baptiste.

J'en profite pour filer par la porte d'entrée. Je fonce à toute vitesse sur les graviers avant de rejoindre le jardin derrière la maison. Je m'arrête net en voyant la longue chaîne de prisonniers qui s'étire depuis le marronnier. Il y a au moins quinze personnes qui se tiennent la main et qui m'interpellent.

– Viens nous libérer !

La règle est simple : si je réussis à taper dans la main de celui qui est en bout de chaîne, tous les prisonniers seront libérés. Mais alors que je m'approche, Enzo, qui est au milieu des prisonniers, me hurle :

– C'est un piège, Cam !

Je m'arrête net et regarde autour de moi, juste à temps pour voir un grand costaud – je crois qu'il s'appelle Hugo – se précipiter vers moi !

Immédiatement, je fais demi-tour. Je fonce vers la haie à droite de la maison. Je sais qu'il y a un trou assez grand pour passer de ce côté-là.

Une minute plus tard, je me retrouve sur le trottoir. Je rigole toute seule en entendant les protestations d'Hugo et les cris de joie des prisonniers. Ça fait longtemps que je ne me suis pas autant amusée. Depuis l'école primaire, sûrement.

Soudain, j'entends un grincement derrière moi. Baptiste et Hugo viennent de sortir par la haie.

– T'es cuite, Cam ! me lance Baptiste. T'es la dernière ! Abandonne !

– Jamais ! je m'exclame en m'élançant droit devant sur le trottoir.

J'entends leurs foulées derrière moi et j'accélère autant que je le peux. Du coin de l'œil, je vois une voiture tourner dans la rue. Soudain, elle s'arrête dans un grand crissement de pneus, comme dans les films. Deux hommes en sortent en criant.

– Police ! Arrêtez-vous !

Ils viennent se placer entre moi et mes deux poursuivants.

– Ça va, mademoiselle ? me demande l'un deux.

– Oui, oui, tout va bien, je m'empresse de répondre, essoufflée.

– On joue à la déli-délo, monsieur, explique Baptiste.

– Pardon ? demande le deuxième policier en fronçant les sourcils.

– C'est comme jouer à chat, précise Hugo, avec un air penaud assez comique pour un garçon aussi grand et costaud.

– Vous êtes en train de jouer à chat ? répète le premier agent, incrédule.

– Exactement ! j'acquiesce. Venez voir, on fait une fête, c'est juste à côté.

La scène est complètement surréaliste. Les deux policiers nous suivent jusqu'à la maison de Rose. Dans le jardin, ils découvrent la chaîne de prisonniers qui part du marronnier, et secouent la tête. J'ai l'impression que le deuxième agent trouve la situation très drôle et qu'il lutte pour ne pas rigoler devant nous.

Le premier soupire et nous dit :

– OK, ça ira pour cette fois. Mais restez dans le jardin, d'accord ?

Baptiste promet et les raccompagne au portail. Puis il revient vers les autres et me désigne :

– Les gars, applaudissez la grande gagnante : Cam !

La chaîne de prisonniers se défait enfin avec des rires et des acclamations, puis tout le monde rentre se mettre au chaud.

Je jette un œil à l'horloge : il est 1 heure du matin. Quelqu'un remet de la musique, mais moins fort que tout à l'heure. Des petits groupes se forment pour discuter. Je ne sais pas si c'est la fatigue, l'exercice physique ou le fait d'avoir tellement rigolé, mais je suis sur un petit nuage. Je me laisse tomber sur un canapé, et bientôt, Rose, Lyna, Malya et Antoine me rejoignent.

– Tu ne m'avais pas dit que tu voulais partir tôt ? je demande à ce dernier avec un sourire complice.

– J'ai changé d'avis, me répond-il. Finalement, j'adore cette soirée.

La discussion est facile, on se marre tout en échangeant des souvenirs. Soudain, en relevant les yeux, je vois Tuan et Nathan débarquer.

Je dois avoir l'air stupéfaite, car celui-ci me lance :

– Fais pas cette tête, je t'avais dit qu'on reviendrait !

– Bande de lâcheurs ! lui lance Rose en faisant semblant de bouder.

– Bah alors, racontez ! demande Lyna. C'était cool ?

– Le début, c'était génial, confirme Tuan. Super ambiance, et le feu d'artifice, c'était la folie.

– Mais après, ça a un peu dégénéré, c'est pour ça qu'on est partis.

La voix de Manon nous parvient depuis l'entrée, juste avant qu'elle apparaisse, casque de scooter à la main.

– Des mecs ont mis le feu à des poubelles, il y a même une voiture qui a brûlé ! raconte-t-elle. Heureusement que les garçons étaient avec moi, sinon j'aurais eu trop peur…

Elle se retourne et Gabriel apparaît, avec son blouson en cuir et son propre casque. Il nous lance son sourire le plus ravageur et ajoute :

– Au moins, on s'en souviendra, de ce réveillon !

– Et vous, vous avez fait quoi ici ? interroge Nathan en venant s'asseoir sur le sol en face du canapé.

Rose fait un premier résumé, que Lyna complète par un récit détaillé de la déli-délo.

– Vous auriez vu la tête des flics quand ils sont arrivés dans le jardin et qu'ils nous ont vus alignés sous l'arbre !

J'avoue que moi aussi, l'image me fait sourire. Nous non plus, on ne risque pas d'oublier cette soirée…

– Ah bah, quel dommage qu'on soit partis ! s'exclame Gabriel avec un rire sarcastique. Vous imaginez, les gars, ajoute-t-il en se tournant vers Nathan et Tuan, passer la soirée du Nouvel An à jouer à chat ?

– Je sais, ça a l'air bizarre, admet Lyna, mais je t'assure, c'était super marrant. Fallait être là !

– Non, merci, réplique Gabriel. Mais je vous dépose ma petite sœur la prochaine fois si vous voulez. Elle est en CM2, ça devrait lui plaire !

Il se dirige vers la cuisine et demande :

– Quelqu'un veut une bière ?

Je le regarde s'éloigner et, pour la première fois, je ne le trouve plus sexy. Pourtant, son physique n'a pas changé, hein. En tout cas, si j'en crois le regard amoureux que lui lance Manon. C'est juste… le ton de sa voix, moqueur, méprisant, en parlant de notre jeu. J'ai trouvé ça méchant et bête. Tout à coup, je réalise que je ne le connais pas. Je connais quelques-uns de ses centres d'intérêt grâce à Tuan, Nathan et à ses réseaux sociaux, mais je ne lui ai pas assez parlé pour savoir les choses vraiment importantes. S'il s'intéresse aux autres, s'il est patient, s'il est gentil, s'il a le sens de l'humour.

Je le regarde avec méfiance revenir de la cuisine.

Qui es-tu, Gabriel ? Derrière ton visage d'ange, ton regard à tomber et tes dents parfaites ?

Il s'assoit à côté de Manon et passe un bras autour de son épaule. Malya me lance un regard désolé, guettant ma réaction, prête à sortir les mouchoirs. Moi-même, je m'attends à ressentir quelque chose. Mais bizarrement, ça ne me fait rien.

Il ne peut pas savoir, bien sûr, mais c'est la deuxième fois que son comportement me déçoit. Et je crois que c'est en partie ma faute. Comme me l'a fait remarquer Malya sans que je comprenne ce qu'elle voulait dire, j'étais obsédée par lui, ou plutôt par l'idée que je me suis faite de lui depuis son arrivée au lycée – tout ce que j'ai imaginé à son sujet, toutes les qualités que je lui ai attribuées, simplement… eh bien, simplement parce qu'il est beau.

Je me sens rougir, honteuse. Je suis prête à lui reprocher de ne s'intéresser à Manon que pour son physique, alors que je ne vaux pas mieux que lui.

J'ai envie de passer à autre chose. Je décide d'aller prendre l'air. Après avoir fait signe à Malya que tout va bien, je prends mon manteau et m'éloigne vers le fond du jardin. Arrivée devant les balançoires, je pousse un petit cri.

– Désolé, me dit une voix que je reconnais tout de suite. Je ne voulais pas te faire peur.

– Sacha ! je m'exclame. Décidément, tu me poursuis.

– Encore une fois, j'étais là avant ! proteste-t-il en faisant mine d'être outré. D'ailleurs, tu as de la chance que j'accepte de te parler alors que tu m'as lâchement abandonné tout à l'heure.

– Oui, mais ça valait le coup, puisque j'ai gagné. Si ça peut te rassurer, je reconnais l'importance de ton sacrifice !

J'essaie de ne pas trop le dévisager, mais je suis curieuse de découvrir enfin son apparence. Il ne semble pas bien grand, et il est très mince, ce qui lui donne l'air plus jeune que son âge. Il a les cheveux châtains, des lunettes, et une fossette quand il sourit.

Il s'esclaffe de son rire un peu trop haut perché tandis que je m'assois sur la balançoire à côté de lui. Comme hier et comme tout à l'heure, avec lui, la conversation est facile. On partage le même humour. Ou en tout cas, le même sens de la repartie.

On reste à parler un long moment dehors. De tout, de rien. De musique, de livres, mais aussi des rêves, de famille, d'amitié.

Je ne sais pas combien de temps s'est écoulé, mais soudain, je frissonne.

– Je crois que je vais rentrer, je commence à avoir froid.

– Oui, tu as raison, approuve Sacha. Je ne vais pas tarder non plus.

Alors que je m'apprête à partir, il me rappelle.

– Cam ? Je pourrais… avoir ton numéro ? demande-t-il. Pas pour…

Il hésite un instant, cherchant ses mots, puis rit et reprend :

– C'est juste que j'aime bien parler avec toi. Et j'aimerais qu'on puisse continuer. Peut-être devenir amis…

Je lui souris.

– Avec plaisir.

Je prends le portable qu'il me tend pour y entrer mon numéro, puis lui fais un signe de main.

– Bonne nuit, Sacha.

– Bonne nuit, Cam.

Quand j'entre dans la chambre de Rose, elle est vide. J'enfile mon pyjama – finalement, j'ai bien fait de le prendre – avant d'aller me brosser les dents, puis de me coucher sur un des deux matelas installés par terre pour Malya et moi.

Rien ne s'est passé comme prévu, cette nuit. Mais cette fois, je ne voudrais rien changer à ce que j'ai vécu. Et pour l'année à venir, je crois que je tiens ma résolution. Je vais faire ce qui me plaît vraiment, plutôt que ce qui semble cool. Moi aussi, quand je serai grande, je veux des amis avec qui je peux jouer à la déli-délo au beau milieu de la nuit. Et la prochaine fois que je fantasmerai sur un garçon, ce sera parce que j'aimerai qui il est au fond, pas parce qu'il a de beaux yeux.

Je m'endors, le sourire aux lèvres. Quand je me réveille, six heures plus tard, Rose et Malya dorment encore. Je prends quand même mon téléphone pour vérifier : oui, on est bien le 1er janvier. Ouf… et vivement la suite !

FIN

15

Je serre les poings. Je n'ai pas envie de subir en silence comme hier. Je ne vois pas pourquoi je ferais ça. Après tout, Rose ne s'est pas privée de me dire ce qu'elle pensait, elle, tout à l'heure, sur mon répondeur.

Surfant sur la vague de colère que je sens monter en moi, je passe au milieu des danseurs pour aller me planter devant elle et Gabriel. Évidemment, ils ne m'ont pas vue arriver, ce qui donne lieu à un moment très gênant pendant lequel je suis juste plantée là tandis qu'ils continuent à s'embrasser à pleine bouche. Je finis par me résoudre à crier :

– Rose !

Surprise, elle s'écarte de Gabriel et découvre ma présence. J'imaginais qu'elle allait s'excuser, peut-être dire une de ces phrases toutes faites – « Ce n'est pas ce que tu crois » ou « Je peux tout t'expliquer. » Mais comme on n'est pas dans un K-drama, sa réaction est très différente.

– Cam ? Qu'est-ce que tu fais ici ?

Je vois bien qu'elle a bu. Mais sa formulation me donne l'impression que c'est moi qui suis en faute. Quel culot ! Prise au dépourvu, je me justifie :

– J'ai fait le mur...

– Je croyais que tu voulais pas mentir à tes parents, remarque-t-elle.

– Et moi, je pensais que tu étais mon amie, je rétorque automatiquement. Mais on dirait que je me suis trompée !

– Quoi ? demande Rose en fronçant les sourcils. Je comprends rien à ce que tu racontes...

Derrière elle, Gabriel nous observe, perplexe. Il n'a pas l'air de vouloir intervenir, mais n'a pas non plus l'intention de partir, visiblement. Je croise les bras.

– Pas étonnant que tu comprennes rien, t'es complètement bourrée...

– Et alors ? lâche Rose en écartant les bras devant moi. Tu veux appeler mes parents pour leur dire ? Non mais, j'hallucine. T'as déjà failli gâcher la soirée, et maintenant tu viens quand même et tu me fais la morale ? C'est quoi, ton problème ?

Je suis tellement hors de moi que les mots sortent sans que je les contrôle.

– Mon problème, c'est que tu penses qu'à toi ! je crie si fort que les gens autour de nous se retournent. T'en as rien à faire des sentiments des autres, pourvu que toi, tu t'amuses ! Tu sais quoi, Rose ? T'es une amie pathétique. Aussi pathétique que ta soirée !

Elle reste un instant bouche bée. Puis, soudain, son regard change.

Les poings sur les hanches, elle hurle :

– Eh bah casse-toi, si ça te plaît pas ! Rentre chez toi et laisse-moi tranquille !

Cette fois, tout le monde me regarde, même les amis de Baptiste. Je serre les poings. Je ne pensais pas pouvoir être plus furieuse que je ne le suis déjà, et pourtant. Non seulement elle embrasse le garçon dont je rêve depuis des semaines, mais en plus, elle fait comme si c'était moi, la cause de tout ça ! Et dire que je croyais qu'elle s'excuserait, gênée, qu'elle me supplierait de la pardonner… J'avais tout imaginé, mais pas ça.

Au moins, je suis fixée. Rose n'est pas mon amie. Sinon, elle s'intéresserait à ce que je ressens. Elle m'a acceptée tant que je ne lui ai pas posé de problème.

Mais hors de question de faire le moindre effort pour moi…

Je secoue la tête et tourne les talons. Je n'ai plus envie de la voir. Je n'ai plus envie d'être ici. C'était une erreur d'essayer d'améliorer cette soirée.

Je garde la tête bien droite et je prends mon temps pour aller récupérer mon manteau et mon sac. C'est moi qui décide de partir, pas elle qui me vire. Je m'assure quand même de bien claquer la porte derrière moi. D'accord, ça ne sert à rien, mais ça fait du bien.

Une fois dehors, je me dirige vers les vélos de location. C'est là que je me rends compte que mes mains tremblent. Je tremble littéralement de colère.

Je suis en train d'essayer de me calmer en prenant de grandes inspirations quand je vois Romain et ses potes pousser la grille de la maison. J'ai dû la laisser ouverte.

Je hausse les épaules. Tant pis pour elle.

Je prends un vélo et je m'éloigne dans la nuit. Les rues sont encore plus calmes que tout à l'heure. Et je comprends pourquoi au moment où je me gare à la station en bas de chez moi ; j'entends des cris de joie en provenance de plusieurs appartements. Sur un balcon un peu plus loin, des gens sortent et se mettent à crier :

– BONNE ANNÉE ! BONNE ANNÉE TOUT LE MONDE !

Je rigole toute seule.

Voilà donc comment j'aurai vécu le passage à la nouvelle année. Toute seule dans la rue. Le plus drôle, c'est que, grâce à – ou à cause de – ma soirée d'hier, je sais que ça aurait pu être pire.

Je me dépêche de rentrer chez moi, en faisant bien attention à ne faire aucun bruit. Cinq minutes plus tard, me voilà de retour dans mon lit, que je n'aurais jamais dû quitter.

J'ouvre WhatsApp et tape rapidement.

Cam : Je me suis embrouillée avec
Rose, je suis rentrée chez moi.
Je suis en sécurité dans mon lit,
t'inquiète pas pour moi.

La réponse arrive quelques minutes plus tard.

Malya : Mince, désolée. T'aurais dû
venir me voir. Ça va, t'es sûre ?

J'hésite à lui dire de quitter la soirée pour éviter la police. Peut-être que les choses se dérouleront différemment cette fois-ci ? Et puis, difficile d'expliquer que je sais déjà ce qui risque d'arriver…

Tant pis, il faut que j'essaie quand même. Je ne peux pas la laisser tomber.

Cam : Oui, tout va bien. Mais je peux te dire un truc bizarre ?

Malya : Vas-y.

Cam : Je sens que la soirée va mal tourner. Ne me demande pas pourquoi.

Malya : ??

Cam : Sérieusement. Essaie de prévenir Rose pour qu'elle arrête tout. En tout cas, il ne faut pas que tu restes là-bas.

Plusieurs fois, je vois qu'elle commence à écrire puis se ravise. La pauvre, elle doit me prendre pour une folle. Je ne sais pas du tout ce que je répondrais à sa place.

Malya : OK. Je vais essayer. Et au pire, je rentrerai chez moi. Je dirai à ma mère et Olivier qu'on s'est disputées.

Cam : Merci. Fais attention en rentrant. Et... tu me raconteras tout ce qui s'est passé avec Antoine demain ?

Malya me répond avec un émoji qui rougit. Je repose mon portable. Évidemment, ce n'est pas la soirée dont je rêvais. Mais, tout compte fait, je crois que je ne m'en suis pas si mal sortie. Je n'ai perdu ni ma meilleure amie ni la confiance de mes parents ; c'est déjà ça.

Je m'endors avec cette pensée.

Après quelques heures de sommeil, je me réveille en sursaut. Mon premier réflexe est d'attraper mon téléphone pour vérifier la date. 1er janvier. Pas de retour en arrière cette fois. J'avoue que je suis soulagée que le temps ait repris son cours normal. C'est trop compliqué de savoir à l'avance ce qui va se passer.

Je me demande comment s'est terminée la soirée chez Rose... Un tour des réseaux sociaux ne tarde pas à me renseigner. Une nouvelle fois, la police a dû intervenir. Certains invités ont posté des photos et des vidéos du chaos, d'autres se sont filmés pour raconter. Visiblement, Rose n'a pas voulu mettre fin à la soirée. En tout cas, j'ai vraiment bien fait de prévenir Malya.

Justement, un message d'elle apparaît sur l'écran.

Malya : T'es réveillée ?

Dès que je confirme, mon amie m'appelle.

– T'avais raison pour hier soir ! s'écrie-t-elle avant que j'aie pu lui dire bonjour. Je comprends pas comment c'est possible, mais t'as vu ce qui s'est passé ? La police a débarqué, c'était un truc de dingue. Et une heure à peine après notre départ ! J'ai essayé de parler à Rose, mais elle n'était pas très… dispo, ajoute-t-elle. Au final, on est partis avant que ça dégénère, avec tout un petit groupe : Antoine, Lyna, Nathan, Tuan, Alina…

Sa voix est un mélange d'incrédulité et d'excitation.

– Ta mère et Olivier n'ont rien dit quand tu es rentrée ?

– Ils sont revenus de leur dîner après moi, rigole-t-elle. Ils ont été tout surpris de me trouver à l'appart au petit déjeuner, mais du coup, ça a été. Ils n'ont pas eu le temps de s'inquiéter.

– Tant mieux. Et avec Antoine ?

– Quoi, avec Antoine ? réplique Malya, sur un ton faussement innocent.

– Vous vous êtes embrassés ou pas ?

Elle a un rire gêné.

– Pourquoi tu dis ça ? Tu crois que je lui plais ? Ou tu as eu une autre révélation bizarre ?

– Ça veut dire oui ou non ? j'insiste.

– On ne s'est pas encore embrassés, non, avoue Malya.

– Pas *encore*, ça veut dire que ça va arriver !

– Bah... peut-être, oui. Il... il m'a invitée au cinéma cet après-midi.

– Trop cool ! C'est génial. Je suis super contente pour toi !

– Oui, confirme Malya. Et... euh... comment dire ? Je ne pensais pas que tu serais aussi enthousiaste. En vrai, je croyais que tu te moquerais de moi si je te disais qu'Antoine me plaisait...

Je sens mes joues rougir. Heureusement qu'elle ne me voit pas.

– Pas du tout. Je pense qu'Antoine est super.

– Tant mieux, répond Malya. Parce que j'espère qu'on va bientôt passer plus de temps avec lui...

Après un court silence, elle reprend :

– Tu sais, pour hier... Je crois que je sais pourquoi vous vous êtes disputées avec Rose. Avant de partir, je l'ai vue avec Gabriel dans le salon...

– Quand ils s'embrassaient, tu veux dire ?

– Ouais...

– Oui, c'est pour ça que je suis partie, je reconnais.

– Je suis vraiment désolée, reprend Malya. Tu dois être dégoûtée…

Je soupire.

– Un peu… mais ma résolution de nouvelle année, c'est de passer à autre chose !

– Genre, de faire comme s'il ne s'était rien passé ?

– Pas vraiment, parce que je crois que je ne pourrai plus vraiment être amie avec Rose, j'avoue. Je parlais plutôt de Gabriel.

Malya rigole :

– Alors, c'est plutôt passer à quelqu'un d'autre, ta résolution ?

– Attends, je reformule. L'idée, c'est : la prochaine fois que je trouve un garçon à mon goût, je vais lui parler *avant* de décider que c'est l'homme de ma vie.

– Waouh. Révolutionnaire !

– Oh, ça va ! je réplique, amusée. Depuis que tu as trouvé l'amour, tu es devenue insupportable !

– Et t'as pas tout vu, rétorque mon amie. D'ailleurs, comment je m'habille cet aprèm ?

Je souris. Il y a des choses qui ne changeront pas avec cette nouvelle année… et je crois que ça me va très bien !

FIN

16

Mon instinct – et mon expérience de la veille aussi, sans doute – me dit que je ferais mieux de ne pas quitter Gabriel des yeux trop longtemps. Et comme il est avec Tuan et Nathan, c'est le moment idéal pour que je me greffe à la conversation.

Je jette un œil dans le miroir de l'entrée pour vérifier que je n'ai rien entre les dents et que mon maquillage n'a pas coulé. Puis je traverse le salon et je rejoins les trois garçons derrière l'ordinateur.

– Ça va ? je leur lance.

Ce qui, je le reconnais, n'est pas l'ouverture la plus brillante du monde, mais bon, on fait avec ce qu'on a. Et manifestement, j'ai encore des progrès à faire dans l'art de la conversation avec un garçon sublime et ténébreux…

– Ouais, on est en train de faire une playlist de folie! me répond Tuan, enthousiaste.

Nathan rigole et ajoute :

– Ce qui veut dire qu'il est à fond dans son truc et qu'on essaie de lui expliquer que non, tout le monde ne va pas se mettre à danser dès le début.

– Ouais, faut une progression, quoi! approuve Gabriel. Tu commences par des trucs un peu plus calmes, et puis tu fais monter l'ambiance petit à petit...

– Tu mettrais quoi, toi, Cam? me demande Tuan.

Les trois garçons se tournent vers moi, attendant visiblement que je participe au débat.

Je hausse les épaules.

– Franchement? Je chercherais une playlist « soirée » toute faite qui a l'air cool, et je la lancerais direct, je réponds.

Gabriel éclate de rire.

– Ouais, t'as raison, je vois pas pourquoi on se prend la tête comme ça. Viens, on va prendre une bière!

J'acquiesce, ravie. Voilà enfin l'occasion de discuter avec mon crush en tête à tête! Je le suis dans la cuisine, mais refuse la bière qu'il me tend avec un sourire.

– Je vais prendre du jus de fruits pour le moment!

Gabriel prend un air faussement étonné et déclare :

– C'est pas un goûter d'anniversaire, tu sais!

Son regard est narquois, et il me tend à nouveau la bouteille. Je la prends et la pose sur la table de la cuisine.

– Zut alors ! je lance en faisant mine d'être embêtée. Il faut que je dise au magicien de ne pas venir, finalement ?

Gabriel fronce les sourcils.

– Quel magicien ?

Je le dévisage pour essayer de voir si c'est du troisième degré, mais il semble vraiment perplexe.

– C'était une blague, j'explique. Aux goûters pour les enfants, parfois, on fait venir un magicien, tu vois ?

– Ah, répond-il simplement. Mais du coup, je capte pas. Pourquoi tu veux pas boire ?

J'ai envie de lui répondre que j'ai testé ma première cuite hier et que je n'ai aucune envie de recommencer. Et aussi de lui demander ce que ça peut bien lui faire, que je boive une bière ou pas. Mais, dans les deux cas, je pense que la conversation risque de devenir compliquée.

– On va danser ? je lui propose pour changer de sujet.

Gabriel lève les mains en l'air en rigolant.

– Peut-être tout à l'heure. Faut que je me chauffe un peu d'abord.

Mon verre de jus de fruits à la main, je l'accompagne dans le salon en cherchant un sujet de conversation.

– Ça va, t'es content de ton nouveau lycée ?

– C'est un lycée, quoi, répond-il avec une moue.

– Et… tu fais des trucs à côté ? Je veux dire, du sport, une passion…

Enfin, les yeux noirs de Gabriel s'illuminent.

– Je fais du moto-cross, m'explique-t-il. Tu connais ?

J'ouvre la bouche pour répondre, mais il ne m'en laisse pas le temps et enchaîne :

– Tous les week-ends, je suis sur le circuit avec mes potes. Soit on s'entraîne, soit on bricole. Attends, j'ai des photos !

Il brandit son portable et commence à parcourir un album consacré à sa passion. Gabriel en tenue de motard, Gabriel avec son casque, Gabriel à côté de sa précieuse moto. Des courses, des sauts, des balades, ça n'en finit pas.

J'essaie de m'y intéresser, je pose des questions, j'observe les photos du mieux que je peux. Mais au bout d'un certain temps, je dois bien avouer que je décroche. Je me contente d'admirer son visage animé, son sourire irrésistible.

Je tente bien de varier les sujets, en orientant la conversation vers les voyages, ses projets pour les vacances ou ses rêves d'avenir. Mais rien ne semble prendre. Tant pis, je me laisse porter.

En revanche, je refuse toutes les bières qu'il me propose, ce qui a l'air de l'agacer de plus en plus. Au moment d'aller chercher sa quatrième, il me lance :

– Je t'en propose plus, j'ai compris ! Je retourne voir les autres. À plus tard, OK ?

Prise au dépourvu, je me contente de sourire et de lever le pouce.

Bon, ça ne s'est pas passé comme dans mes fantasmes, mais c'est un premier pas. On a passé du temps ensemble et « à plus tard », ça signifie qu'on va se revoir pendant la soirée, non ?

En attendant, il me reste deux missions pour compléter mes objectifs : empêcher Romain et ses potes de gâcher la fête, et être une *meilleure* meilleure amie pour Malya.

• POUR SE CONCENTRER SUR MALYA, C'EST EN 21.

• POUR RÉGLER D'ABORD LA QUESTION DES SQUATTEURS, RENDEZ-VOUS EN 14.

17

– Entrez, entrez ! je m'exclame sur un ton pas du tout naturel.

Puis je brandis la bouteille de Coca.

– Je vais poser ça, j'explique en tournant les talons.

Et je file à l'autre bout du salon, en prenant garde à ne m'approcher ni de Tuan, ni de Nathan. Comme je le prévoyais, Gabriel va leur taper dans la main. Puis Nathan, Enzo et lui se postent près de la table et commencent à discuter en mangeant des bonbons.

Je les observe discrètement (enfin, j'espère) de loin, mais ils n'ont pas l'air d'avoir envie de bouger. Malya s'approche de moi et me souffle :

– Tu ne vas pas lui parler ?

– À qui ?

Mon amie me regarde d'un air suspicieux.

– Comment ça, à qui ? Tu sais que j'ai envoyé au moins vingt messages pour m'assurer que Gabriel serait au courant de la soirée chez toi et que ses potes le pousseraient à passer ?

Je fais la moue. Évidemment, pour Malya, la soirée d'hier n'a pas existé. Je devrais donc sauter sur cette occasion de parler à mon crush, après lui avoir cassé les oreilles pendant des semaines avec mon obsession. Je n'ai pas envie de lui mentir, mais je ne vois vraiment pas comment lui expliquer les choses. Alors je choisis de détourner la conversation.

– Merci d'avoir géré les invitations, ça aurait été impossible de faire cette fête sans toi !

– J'étais motivée, aussi, me répond-elle.

– Par Antoine, tu veux dire ?

Malya me regarde, choquée.

– Ça se voit tant que ça ? chuchote-t-elle, paniquée.

Je rigole.

– Pas vraiment. J'allais un peu à la pêche aux infos, en vrai…

Mon amie prend l'air choqué.

– Allez, Malya, raconte, j'insiste.

Elle hausse les épaules.

– Il n'y a pas grand-chose à raconter ! s'écrie-t-elle. Je le trouve sympa, drôle, intelligent…

– Et j'ai l'impression que c'est réciproque, vu comment vous vous parlez ce soir, je l'encourage.

– Tu crois ? me demande-t-elle en ouvrant de grands yeux.

Je hoche la tête d'un air assuré.

– À mon avis, il faut que vous profitiez de la soirée pour vous rapprocher.

– Arrête de me mettre la pression ! proteste Malya.

– OK, OK, je ne dis plus rien, je promets en m'éloignant.

Je rejoins le cercle formé par Alina, Amel, Hannah et Chloé au milieu du salon. Elles dansent et chantent ensemble, sans avoir l'air de se soucier du regard des autres. Et comme c'est ce que j'ai l'intention de faire moi aussi, je commence à les imiter. À la base, je n'aime pas trop danser devant tout le monde, mais rapidement, je me laisse emporter par leur bonne humeur. Elles ne se prennent pas au sérieux, n'hésitent pas à faire des mini-chorés drôles, voire un peu ridicules, se plantent sur les paroles ou en inventent d'autres. Je finis par en oublier ma gêne. Je me lâche. Je sens que j'ai chaud et je parie que j'ai le visage écarlate, mais peu importe. Je passe un bon moment. Un si bon moment que, quand

Tuan coupe la musique pour annoncer qu'il est bientôt minuit, je suis stupéfaite. Déjà ? Comment est-ce possible ?

– Tout le monde au salon ! Il reste deux minutes, préparez-vous !

Je risque un coup d'œil du côté de la table. Nathan est toujours là, mais… plus aucune trace de Gabriel ni d'Enzo. Je regarde partout. Ils ont disparu. À moins qu'ils ne se soient enfermés dans la salle de bains ou dans les toilettes ?

– Allez ! lance Tuan, les yeux fixés sur l'écran de l'ordinateur. Avec moi ! 5… 4… 3… 2… 1… BONNE ANNÉE !

Tout le monde crie en même temps, y compris dans un appartement de l'autre côté de la rue. Dehors, on entend des voitures qui klaxonnent, des gens qui applaudissent. Les filles me font la bise à tour de rôle, en riant et en me remerciant.

– Trop bien, ta soirée de dernière minute ! me lance Alina. Merci de m'avoir invitée !

Alors qu'elle me serre dans ses bras, mon regard se pose sur Malya. Antoine et elle sont un peu à l'écart, dans le coin cuisine… et ils s'embrassent, seuls au monde dans leur bulle. Je me retiens de pousser un cri de joie.

Quand Nathan vient me souhaiter une bonne année, je risque une question, en espérant avoir l'air innocent :

– Tu sais où sont Gabriel et Enzo ?

– Ah, désolé, ils sont partis tout à l'heure, me répond-il. Ils allaient à une autre soirée.

– Ah, OK !

Mon ami me lance un regard suspicieux. Je sens qu'il veut me poser une question, mais il n'en a pas le temps : Tuan lui saute dessus pour lui souhaiter une bonne année.

De mon côté, je constate que le départ de Gabriel est un soulagement. Je ne comprends pas encore très bien ce que je ressens, mais je me poserai la question plus tard.

Tout à coup, on me tape sur l'épaule. Je me retourne et me retrouve face à Mattéo, à qui je lance joyeusement :

– Bonne année !

Il me répond, puis ajoute aussitôt :

– Est-ce qu'il y a d'autres trucs à manger ? J'ai super faim et il n'y a plus rien…

Effectivement, le buffet a été vidé. Pourtant, il était bien plein en début de soirée. J'entends toujours mes parents dire que les ados sont des ventres sur pattes, mais à ce point-là ? Je soupçonne Gabriel et Enzo de s'être largement servis avant de partir... Peu importe, il faut que je trouve une solution, maintenant.

Au frigo, je trouve du beurre, des yaourts, des compotes, du lait, des escalopes de poulet, des œufs et de la salade. Ah, et une betterave sous vide, tiens. Je ne pense pas que ça tentera Mattéo.

Je jette un œil dans le placard. Il y a bien de la farine et du sucre.

– Ça vous dit de faire des crêpes ? je propose alors, étant donné que c'est la seule recette que je maîtrise.

À ma grande surprise, tout le monde est partant. La soirée se déplace dans le coin cuisine. On sort deux grands saladiers, les ingrédients, les ustensiles. Vu le nombre qu'on est, je double les quantités de ma recette habituelle.

– Eh, on se croirait dans *Top Chef* ! s'écrie Tuan, enthousiaste. On n'a qu'à faire un concours des meilleurs crêpes !

Antoine s'avance aussitôt.

– Moi, je veux bien affronter Cam, déclare-t-il. La recette de ma grand-mère est imbattable.

– Ah oui ? je réplique en rentrant dans le jeu. C'est ce qu'on va voir. Je te signale que je suis un quart bretonne...

On cuisine dans cette ambiance, en riant, en discutant. Bientôt, les deux saladiers de pâte sont prêts, et on passe à la cuisson.

Après une dizaine de minutes, je vois mon père traverser le salon aussi discrètement que possible. Je l'appelle :

– Tu peux venir, papa !

– On a senti une odeur de cuisson, alors je suis venu voir, s'excuse-t-il. Mais je ne veux pas vous déranger, les jeunes…

– On fait des crêpes, monsieur, explique Mattéo.

Ce qui fait rire tout le monde, vu que le seul rôle de Mattéo, c'est de manger la production des autres.

– Vous voulez en prendre une, monsieur ? propose Antoine.

Mon père me regarde comme pour avoir mon autorisation.

– Mais oui, papa ! Et prends-en une pour maman aussi.

Son sourire ravi fait plaisir à voir. Il saupoudre deux crêpes de sucre glace, les pose dans une petite assiette, puis s'éclipse.

– Ils sont cool, tes parents, dis donc, remarque Alina.

Je souris. C'est vrai qu'ils sont sympas. Et je suis bien contente d'avoir choisi de leur dire la vérité. Parce qu'un réveillon qui finit en soirée crêpes, c'est pas banal. OK, ce n'est peut-être pas le truc le plus fou du monde, mais ça me plaît. Et c'est mille fois mieux que ma soirée d'hier.

On a le temps de dévorer nos deux énormes tas de crêpes et de ranger la cuisine avant que la soirée se termine. Comme prévu, à 2 heures, mes parents viennent prévenir mes amis qu'il faut rentrer. Ils s'assurent que tout le monde peut faire le trajet en toute sécurité, puis ils vont se coucher. Je reste seule avec Malya, qui dort à la maison.

Elle a un sourire immense collé au visage.

– Du coup, c'est officiel avec Antoine ? je l'interroge.

– Oui, répond-elle en se glissant sous la couette du lit d'appoint installé dans ma chambre. On sort ensemble.

Elle rigole.

– C'est la première fois que je le dis, ça fait trop bizarre.

Soudain, elle s'arrête et me demande :

– Mais toi ? T'étais pas… trop déçue que Gabriel parte ?

Je secoue la tête.

– Je crois que mon obsession pour lui est terminée.

– T'es sûre ?

– Pourquoi ?

– Juste pour savoir s'il est trop tôt pour t'annoncer que c'est la meilleure nouvelle de l'année !

– Ah ouais, carrément ? T'aurais pu me le dire avant ! je proteste.

– Tu rigoles ? réplique Malya. Il y a une semaine, si j'avais fait le moindre commentaire négatif sur Gabriel, tu aurais fait un scandale !

Comme elle a sûrement raison, je ne réponds rien. Et ça ne dérange pas Malya, qui a déjà recommencé à me parler d'Antoine.

Je m'endors, bercée par le son de sa voix.

Le lendemain, quand je me réveille, le soleil brille à travers les rideaux. Prise d'un doute, j'attrape mon téléphone. Non, tout va bien : on est toujours le 1er janvier. J'entends mes parents parler dans le salon. Je souris, ferme les yeux et me rendors. Heureuse.

FIN

18

– OK, je réponds. Je veux bien faire la soirée ici.

Et après une brève hésitation, j'ajoute :

– Merci beaucoup.

Le sourire de mon père me prouve que j'ai fait le bon choix. Garder leur confiance est plus important pour moi que cette soirée de réveillon.

Mais cette pensée ne m'empêche pas de paniquer dès qu'ils quittent ma chambre. Je suis complètement débordée par les pensées qui se bousculent dans ma tête.

Respire, Cam. Prends les choses une par une.

J'écoute les messages qu'a laissés Rose sur mon répondeur. Le premier est affreux, sa voix est tremblante de colère, elle fait des pauses entre chaque phrase. On dirait qu'elle a envie de me tuer.

« Mes parents viennent de m'appeler pour m'interdire de faire ma soirée. (*pause*) Grâce à toi, je vais devoir annoncer à tout le monde que c'est annulé. (*pause*) Je n'arrive pas à croire que tu aies fait ça. »

Le deuxième, qu'elle a laissé un quart d'heure plus tard, est à l'opposé. On entend le soulagement dans sa voix.

« C'est bon, Baptiste veut bien me couvrir ! (*rire*) C'est reparti pour la soirée de l'année ! J'ai envoyé un message à tout le monde. Bon… j'imagine que tu ne pourras pas venir, du coup. (*silence gêné*) Alors… euh… on se rappelle. »

Je viens de reposer mon portable sur mon lit, découragée, quand il se met à sonner. C'est Malya.

– Allô ?

– Ça va ? Rose m'a appelée douze fois en une heure pour me tenir au courant. J'ai pas osé t'appeler avant parce que je me doutais que ça devait chauffer avec tes parents. Qu'est-ce qui s'est passé ?

Je pousse un long soupir.

– Pour te résumer ça rapidement, j'étais sur le point de partir, et finalement je n'ai pas pu leur mentir. J'ai imaginé à quel point ils seraient déçus s'ils apprenaient la vérité, et… je leur ai tout dit.

– Waouh, souffle Malya à l'autre bout du fil.

– Et attends, c'est pas fini. Rose t'a expliqué que mes parents ont appelé les siens et tout ça ?

– Oui, elle m'a prévenue que c'était annulé au moment où j'allais partir de chez moi, me raconte Malya. Elle était dans un état pas possible. On a parlé cinq minutes, puis elle m'a fait promettre de ne rien dire pour le moment parce qu'elle allait trouver une solution. Et elle a négocié avec Baptiste, qui a accepté de la couvrir si elle promettait de faire tout le rangement et tout le ménage.

– Oui, elle m'a aussi laissé un message pour m'annoncer que la soirée était maintenue, finalement.

– Sauf que toi, tu ne pourras pas participer, répond Malya d'une voix désolée.

– Justement, on en arrive au plus fou. Mes parents m'ont proposé de faire un truc chez moi ce soir. Pour me récompenser d'avoir avoué la vérité, en quelque sorte.

– Quoi ? Genre une autre fête chez toi ? Et tu as accepté ?

Deuxième soupir.

– Bah, j'ai dit OK, mais je ne vois pas trop qui voudrait venir à un réveillon chez moi, avec mes parents dans la pièce d'à côté et une extinction des feux à 2 heures du mat, plutôt que d'aller chez Rose…

Malya ne répond pas tout de suite ; elle doit être en train de réfléchir. Après quelques secondes, elle m'annonce :

– Moi, je veux bien venir à ta fête.

– T'es sérieuse ? Mais non… Je veux pas que tu te prives pour moi, arrête, c'est pas…

– Attends, écoute-moi, m'interrompt mon amie. Tu sais que je n'étais déjà pas à l'aise à l'idée de mentir à ma mère et à Olivier. Et maintenant que les parents de Rose lui ont interdit de faire sa soirée, je me sens encore plus mal. Même sans ta proposition, je ne sais pas si j'y serais allée. D'ailleurs, la preuve : je suis encore chez moi.

– OK. Je comprends.

– Si tu veux, j'appelle des gens pour voir qui veut venir.

– Mais… s'il y a du monde qui accepte, Rose va péter un plomb.

– C'est vrai. Mais les gens peuvent aussi faire les deux soirées, en commençant chez toi puis en allant chez Rose.

– T'as raison… Ils peuvent même partir avant minuit s'ils veulent, je ne me vexerai pas.

– Et puis… on n'est peut-être pas les seules à préférer ne pas mentir à nos parents, tu sais, suggère Malya. Je te tiens au courant, OK ?

– OK.

– Cam ? ajoute-t-elle avant de raccrocher. Ça va aller, tu verras.

Je hoche la tête, comme si elle pouvait me voir.

Tout à coup, mon cœur s'accélère. Admettons que Malya ait raison et que des gens viennent ce soir. Je n'ai absolument rien prévu. C'est-à-dire rien à boire ni à manger, pas de déco, aucune idée de ce qu'on pourrait faire,quant à la musique…

Est-ce qu'on peut vraiment préparer un réveillon en deux heures ? Je veux dire, un réveillon qui ne reste pas dans les mémoires des trois pauvres participants comme le pire de l'histoire de l'humanité ?

Quand la sonnette de mon appartement retentit deux heures plus tard, je décide de croire que la réponse est oui.

Mes parents se sont réfugiés dans leur chambre avec un plateau-repas et toute une série Netflix à regarder. Ils ont promis de ne pas faire d'incursion surprise au salon et, en échange, j'ai promis de les prévenir en cas de problème. Et de respecter les règles, bien sûr.

J'ai poussé la table à manger contre le mur, installé des chaises sur les côtés, enlevé le tapis et décoré la pièce avec la guirlande lumineuse de ma chambre. Heureusement, il y a encore le sapin et les décos de

Noël, donc je n'ai pas eu besoin de grand-chose pour que l'atmosphère soit festive. Mon père est passé au supermarché pour nous acheter à manger et à boire pendant que ma mère déposait Hector chez son meilleur ami, où il va passer la nuit histoire de ne pas être dérangé par le bruit de la fête. Malya m'a annoncé par message qu'on pourrait être jusqu'à une quinzaine, ce qui est bien plus que je ne l'espérais. Bref, tout a l'air prêt.

J'ouvre la porte et je me retrouve face à ma meilleure amie, chargée d'un paquet de biscuits apéro et d'un autre de bonbons, qu'elle file déposer sur la table. Elle porte une combinaison noire avec des détails dorés assortis à sa ceinture.

– Waouh, trop belle, ta tenue !

– Merci. Cam…

Je vois qu'elle me fixe et hésite à dire quelque chose.

– Mince ! je m'exclame en réalisant soudain. J'ai oublié de me préparer ! Et les gens vont arriver !

Malya rigole et me rassure :

– Va te changer si tu veux, je peux accueillir tout le monde sans problème.

– Qui vient, au fait ?

– Pas Rose, ça, c'est sûr, déclare-t-elle avec une moue. Elle m'a laissé trois messages pour me dire que j'étais une lâcheuse…

Je fais la grimace. Tout ça, c'est ma faute. J'espère que les choses s'arrangeront après. La sonnette retentit à nouveau et je me précipite vers ma chambre.

Le temps que je passe une robe et des collants, que je me coiffe et me maquille en vitesse, plusieurs invités arrivent. J'entends des voix dans le salon. Quelqu'un a lancé la musique.

C'est bizarre, je suis un peu intimidée à l'idée de pénétrer dans mon propre salon. Je finis par me lancer.

– Cam ! s'exclame Nathan en me voyant arriver. Tu te cachais ou quoi ?

– C'est plutôt que j'étais en retard, je réplique avec un rire gêné. Je pensais pas que tu viendrais, j'ajoute.

Il porte la main à son torse pour faire semblant d'être profondément vexé.

– Comment tu peux dire ça ? On est tes amis ! déclare-t-il. Bien sûr qu'on allait passer !

« Passer », je note, ce qui signifie qu'ils n'ont pas l'intention de rester. Peu importe, après tout.

Je vais saluer Alina, Chloé et Antoine, qui discutent près de la table en se goinfrant de bonbons, puis Tuan, installé devant mon ordinateur.

– Ça te dérange si je change la musique ? me demande-t-il dès que j'approche.

– Pas du tout, tu peux même être le DJ officiel de la soirée si ça te fait plaisir.

– C'est vrai ? Merci, Cam, t'es trop cool !

On dirait que je viens de lui proposer d'aller à Disneyland.

Sans attendre, il lance un premier morceau et se plonge dans sa sélection pour la suite, pendant que je vais ouvrir la porte.

Mon salon se remplit rapidement : au bout d'une heure, on est une dizaine. Mais, malgré la musique, personne n'ose danser. Résultat, les gens discutent par petits groupes sur les côtés, et le milieu du salon est totalement vide.

Je commence à stresser : si on continue comme ça, la soirée ne prendra jamais... J'aimerais bien aller parler à Malya, mais elle est en pleine discussion avec Antoine. Et avec ce que je sais depuis la soirée d'hier, je n'ai aucune envie d'aller les interrompre !

Alors je réfléchis. Ce qu'il faudrait, c'est quelque chose qui détende tout le monde. Voyons...

- **POUR TENTER DE LANCER UN JEU, C'EST EN 22.**
- **POUR PROPOSER UN KARAOKÉ, RENDEZ-VOUS EN 34.**

19

Au bout de quelques minutes, je comprends que la conversation est une sorte de compétition sur qui a déjà vécu la soirée la plus cool.

– Non mais, exactement comme moi ! s'exclame Manon en posant la main sur le bras de Gabriel. Au camping, cet été, les fêtes étaient vraiment géniales ! On faisait des nuits blanches et on dormait sur la plage le lendemain…

Elle pousse un soupir de regret surjoué.

Tuan interpelle Nathan en passant à côté de nous.

– Bah alors, tu viens pas danser ? Je t'attends !

– Ouais, ouais, j'arrive.

Puis Nathan se tourne vers Gabriel et ajoute :

– Il est intenable dès qu'il y a de la musique, lui. Moi, c'est pas trop mon truc…

– Ah bon ? s'étonne Manon. Moi, j'*adore* danser ! Pas toi, Cam ?

La vérité, c'est que moi aussi. Mais dans ma chambre, quand je suis toute seule. Ou alors avec Hector : on met la musique à fond et on bouge dans tous les sens avant de s'écrouler par terre en hurlant de rire. Ça m'arrive souvent d'imiter des chorégraphies devant le miroir, et je ne suis pas mauvaise à *Just Dance*.

Danser en public, en revanche, c'est une autre histoire. Je me souviens du spectacle de CM2, qu'on avait répété pendant des semaines. Je connaissais parfaitement la chorégraphie, mais à partir du moment où j'ai posé le pied sur scène et vu les spectateurs – pourtant exclusivement des parents déjà conquis – qui nous regardaient, mon corps a cessé de m'obéir. C'était comme si mes bras et mes jambes étaient devenus trop longs et trop mous. Les mouvements les plus simples étaient impossibles à exécuter et je ne trouvais plus le rythme. Une vraie catastrophe.

Hier soir, j'ai l'impression de m'en être bien sortie. Mais vu tout l'alcool que j'avais ingurgité, je n'en sais rien, en fait. Je me suis peut-être ridiculisée. Et je ne peux vérifier auprès de personne…

– Euh, ouais, ça va, je réponds sans trop me mouiller. Je…

– Oh, c'est ma chanson ! m'interrompt Manon, qui n'a pas du tout l'air intéressée par ma réponse.

Elle se précipite sur la piste de danse. Et même si ça me coûte de le reconnaître, elle est très douée…

Gabriel la suit du regard. Je suis en train de me dire que je n'ai aucune chance d'attirer son attention si Manon a jeté son dévolu sur lui quand soudain, il propose :

– Ça vous tente d'aller voir le feu d'artifice ?

– Celui sur la place Jaurès ? demande Nathan.

Gabriel hoche la tête.

– J'ai entendu dire que plein de gens du lycée allaient là-bas, va y avoir une super ambiance, ajoute-t-il.

– Ah, mais… vous n'avez pas envie de rester ici ? je bredouille un peu bêtement.

Encore un changement que je n'ai pas du tout vu venir !

– Pas spécialement, répond Gabriel en haussant les épaules.

Heureusement que Rose n'est pas là pour entendre ça : elle serait super vexée. Bizarrement, je le suis un peu moi aussi. Comme si c'était insultant qu'il se fiche d'être ici ou ailleurs, quand nous, on prépare cette soirée depuis des semaines. J'ai l'impression d'être une gamine, tout d'un coup.

Nathan nous montre une story sur son portable, où on voit la place noire de monde, les décorations, la musique à fond.

– Je suis partant pour aller y faire un tour ! lance-t-il, enthousiaste.

Tous les deux se tournent vers moi et Gabriel propose :

– Y a une place sur mon scooter, si tu veux.

Je sens mon cœur accélérer dans ma poitrine.

- **POUR PARTIR AVEC GABRIEL, C'EST EN 24.**
- **POUR RESTER À LA SOIRÉE, RENDEZ-VOUS EN 33.**

20

– Oui, j'ai pris mon portable, je réponds en tapotant ma poche de manteau. Et il est chargé !

– Vous ne vous couchez pas trop tard, hein ? lance ma mère.

Je lui souris.

– Promis.

Elle me lance un regard surpris ; elle devait s'attendre à plus de résistance de ma part. Un instant, j'ai peur d'avoir éveillé ses soupçons, mais Hector détourne aussitôt son attention.

– Bon, on joue ! exige-t-il en brandissant sa carte, exactement comme dans mon souvenir.

– Fais attention en route, me lance ma mère alors que je me dirige déjà vers la porte de l'appartement.

– Oui, maman. À demain !

Dans la rue, je constate que mon cœur bat à mille à l'heure. J'ai fait mon choix. À moi de faire en sorte que la soirée se passe mieux qu'hier.

Je parcours rapidement le chemin qui mène à la grande maison de Rose. Hier, j'étais surexcitée, impatiente, joyeuse. Aujourd'hui… c'est une tout autre histoire.

Alors, pour me déstresser, je prends mon portable et je liste les choses à changer :

1. Ne pas boire d'alcool !

2. Trouver une solution pour que les squatteurs n'entrent pas.

3. Empêcher Rose et Gabriel de s'embrasser !

4. Ne pas faire de remarque à Malya sur Antoine. Voire l'aider si je peux.

Le point 4 me paraît faisable. Le point 1 aussi. Dans les deux cas, il faut avant tout que je me contrôle, et vu les images que j'ai encore bien en tête, ça ne devrait pas être trop compliqué. D'autant plus que, pour le point 2, il va falloir que je sois super lucide. Je me souviens bien des squatteurs, Romain et ses potes, dont aucun n'était invité. Je revois le moment où je les ai repérés. Mais je suis incapable de dire quelle heure il était et qui les a fait entrer. Et comment on s'y prend pour empêcher des gens de s'incruster ? C'est pour ça qu'il y a des videurs à l'entrée des bars. Seulement voilà, Rose n'a pas prévu d'embaucher de gorilles pour garder la grille. Grille devant laquelle je viens d'ailleurs d'arriver.

Je sonne. Rose m'ouvre et me fait signe de me presser. Elle a froid. Je me retiens de lui dire que je sais et je ne fais aucun commentaire sur sa tenue de fête et son maquillage.

– Ça va ? me demande-t-elle avec un grand sourire une fois que je suis dans l'entrée. Tu fais une drôle de tête !

Je n'avais pas vraiment réfléchi à ce détail. Rose a beau être mon amie depuis des années, je ne vois plus que les images d'elle en train d'embrasser Gabriel. J'ai envie de lui rentrer dedans. Voire de tirer sur l'une de ses immenses créoles dorées. Et ces sentiments charmants doivent se lire sur mon visage…

Pourtant, je sais bien que je n'ai aucune raison d'en vouloir à *cette* Rose-là.

– Oui, oui, tout va bien, je réponds en me forçant à sourire.

– Viens voir ! enchaîne-t-elle sans insister.

Dans la cuisine, je découvre pour la deuxième fois la montagne de provisions. Puis j'admire l'installation du salon, que je suis soulagée de retrouver en bon état.

La sonnette retentit, et Malya fait son apparition. Mais cette fois, quand on monte se préparer, je ne parle pas de nos souvenirs.

– Tu voudrais qu'il se passe quoi, ce soir ? je lui demande.

Elle me jette un regard étonné, puis hausse les épaules.

– Bah, que ce soit une bonne soirée, que tout le monde danse, qu'on rigole, qu'on discute jusqu'au matin, tu vois, quoi !

Je souris. Elle a raison, une bonne soirée, ça devrait être simple. D'habitude, je me serais contentée de cette réponse. Mais après ce que Malya m'a balancé hier, je creuse un peu plus.

– Oui, mais pour toi, je veux dire ?

– Comment ça ? répond mon amie, concentrée sur son trait d'eye-liner.

– Est-ce qu'il y a quelqu'un qui te plaît, par exemple ? je suggère. Quelqu'un avec qui tu aimerais bien traîner ce soir ?

Malya a l'air si stupéfaite que je me sens coupable. Ça l'étonne à ce point que je m'intéresse à elle ?

– Puisque tu en parles… il y a peut-être un garçon que j'aime bien.

– Ah oui ? Qui ça ?

Évidemment, je sais parfaitement de qui il s'agit, mais je dois jouer le jeu.

– Tu ne te moques pas ?

– Jamais, je réponds, sûre de moi.

– Antoine, souffle Malya timidement. Mais c'est pas comme toi avec Gabriel, hein, je ne suis pas obsédée par lui ! Je le trouve… intéressant. Sympa. Il n'est pas comme les autres garçons.

– Comment ça, pas comme moi avec Gabriel ?

– Tu sais bien, répond-elle en reprenant son maquillage. Tu parles de lui tout le temps, tu t'assois à une place d'où tu peux le voir, je suis sûre que tu lui écris des poèmes la nuit… L'obsession, quoi !

J'ouvre la bouche pour démentir. Puis je la referme. On n'est pas là pour parler de moi. Je reprends :

– Si je peux faire quelque chose pour t'aider avec Antoine, tu me dis !

Malya ouvre des yeux horrifiés.

– Ah non, pitié, ne fais rien !

Cette fois, je ne peux pas me retenir de rire face à la panique pure que je lis dans les yeux de mon amie.

– Promis.

Quand on redescend dans le salon, Rose est étalée sur un canapé avec l'air de s'ennuyer profondément.

– Enfin ! s'écrie-t-elle en nous voyant arriver. Vous avez mis des heures !

– T'avais qu'à pas te préparer avant, réplique Malya avec un petit sourire.

Rose grimace, puis nous annonce fièrement :

– J'ai eu Tuan au téléphone. Et il m'a confirmé que Gabriel venait ce soir...

Je hoche la tête.

– Eh bah, je pensais que ça te ferait plus plaisir que ça ! lâche mon amie, déçue d'avoir raté son effet. Oh ! Je sais ce qu'il nous faut ! s'écrie-t-elle ensuite. Des tequilas paf !

Dans la cuisine, Rose nous explique le principe. Rien que l'odeur de l'alcool me donne la nausée, ce que j'essaie de cacher de mon mieux. Comme la dernière fois, Malya refuse et Rose lève les yeux au ciel.

– Tu vas pas te dégonfler, toi aussi ? me demande-t-elle. Allez, juste un verre pour tester !

Hors de question que je dise oui. Et il m'apparaît soudain que, si je veux m'occuper du point 3 de ma liste, c'est-à-dire éviter le rapprochement entre Rose et Gabriel, c'est peut-être ici qu'il faudrait commencer...

Alors je tends la main pour attraper la bouteille avant que Rose ait pu remplir le premier verre.

– Eh, mais tu fais quoi, là ? s'énerve-t-elle quand je revisse le bouchon.

– Si tu commences à boire ça maintenant, alors que personne n'est arrivé, tu vas pas tenir jusqu'à minuit. Ce serait con de passer ton réveillon à vomir aux toilettes, non ?

Rose lève un sourcil, mécontente.

– Ça va, les deux rabat-joie, là ? Fallait prévenir si vous vouliez faire une soirée tricot !

Puis elle prend une énorme poignée de chips qu'elle enfourne entièrement dans sa bouche.

– Cha ch'est bon, ch'ai le droit ? demande-t-elle en postillonnant des bouts de chips sur nous.

Malya pousse un cri et se met à courir. Et au lieu de boire dans la cuisine, on se retrouve à se poursuivre en hurlant dans tout le rez-de-chaussée.

Quand on s'écroule enfin, on pleure tellement de rire qu'on est obligées d'essuyer notre mascara.

Quand elle n'embrasse pas le garçon de mes rêves, je l'aime bien, Rose.

On reste toutes les trois dans un canapé à discuter de tout et de rien. On est si absorbées qu'on est surprises par le premier coup de sonnette. Comme dans mon souvenir, les invités arrivent tous au même moment. Le rez-de-chaussée de la maison se remplit rapidement, Rose accueille tout le monde, Nathan et Tuan foncent droit vers l'ordinateur pour mettre de la musique. Bientôt, Manon et Lyna dansent au milieu du salon tandis que des petits groupes se font et se défont en bavardant et en riant.

J'aimerais me détendre, mais les images de la soirée catastrophe sont encore bien trop présentes dans ma tête. Il faut que je trouve un plan. Des solutions. J'essaie de me souvenir précisément de ce qui s'est passé, de l'ordre des événements. Mais tout est flou…

Ah si, je sais qu'en début de soirée, Rose a organisé un jeu à boire. Sauf que quand j'arrive devant les canapés, ils sont vides.

Je reste plantée devant quelques secondes, perplexe. Pourtant, je suis sûre que c'est ce qui se passait à cette heure-là ! Je cherche Rose parmi les invités… et je la repère sur la piste de danse. Elle est en train d'appeler Alina afin qu'elle réalise une chorégraphie avec elle. C'est Manon qui a lancé le mouvement et qui guide les autres. De loin, je dirais que ça consiste principalement à avancer, reculer et tourner sur soi-même. En tout cas, Rose semble complètement absorbée.

Ce qui signifie… que le cours de la soirée est déjà modifié ! Est-ce que c'est grâce à ce que j'ai fait différemment ? Est-ce que le comportement de Rose a changé parce qu'elle n'a pas bu, ou alors parce qu'on a rigolé avant la soirée ? Ou est-ce que d'autres choses ont eu un impact ? Difficile à dire. Il y a tellement de paramètres…

En tout cas, je prends ça comme une petite victoire. Pas de jeu à boire en début de soirée, ça signifie un risque en moins que tout dégénère. Je me sens pleine d'espoir, tout à coup.

Je peux passer un super réveillon. Je *vais* passer un super réveillon.

Comme pour me le confirmer, je vois la porte d'entrée s'ouvrir et Gabriel entrer. J'ai soudain l'impression qu'on vient de chasser tout l'air de mes poumons. Qu'est-ce qu'il est beau… Ça ne devrait pas être autorisé.

Sans réfléchir, je m'avance vers l'entrée, prête à l'accueillir.

– Attention !

Un bras m'écarte du passage, me permettant d'éviter la collision avec Enzo et sa bière. Ma robe a échappé au pire ! Pendant que ce dernier file chercher un torchon dans la cuisine pour essayer d'éponger le tapis, je me retourne pour remercier le propriétaire du bras.

– Antoine ?!

– Euh… de rien !

– Ah oui, merci, merci beaucoup ! Je déteste sentir la bière, tu as sauvé ma soirée.

– Avec plaisir, me dit-il. Mais Cam, c'est moi ou tu fais une drôle de tête ?

Il a sûrement raison. Mais comment lui expliquer que, si je l'examine de cette façon, c'est parce que je sais qu'il devrait être en train de discuter avec Malya sur les marches de l'escalier ?

Je me force à sourire.

– Désolée, je pensais à des trucs chiants, je marmonne. Et toi, tout va bien ?

Il hausse les épaules.

– Bah… les soirées, c'est pas trop mon truc, on dirait. Je ne danse pas, la musique est trop forte pour moi. Je suis un petit vieux dans un corps d'ado ! ajoute-t-il en riant.

Puis, comme je ne ris pas à sa tentative de blague, il reprend plus sérieusement :

– Je crois que je ne vais pas rester…

– Mais non, tu ne peux pas partir ! je proteste.

Il me regarde d'un air surpris.

– Je veux dire, il faut au moins que tu restes jusqu'à minuit !

– Ah oui, pour le compte à rebours et tout ça, déclare-t-il, blasé. Je ne promets rien…

OK. Il faut que je prévienne Malya. Non, mieux, il faut que je fasse en sorte de les réunir pour qu'Antoine ait une vraie raison de rester…

Je regarde vers la porte d'entrée. La bonne nouvelle, c'est qu'il n'y a encore aucun signe de Romain et de ses potes squatteurs. La mauvaise, c'est qu'évidemment, Gabriel n'est plus là. Qu'est-ce que tu croyais, Cam ? Qu'il allait t'attendre bien sagement ? J'essaie de prendre un air détaché pour le chercher des yeux. Ça y est, je l'ai repéré : il a rejoint Tuan et Nathan derrière l'ordinateur.

La question est : par quoi je commence ?

- **POUR PARTIR À LA RECHERCHE DE MALYA, C'EST EN 27.**
- **POUR SALUER GABRIEL, RENDEZ-VOUS EN 16.**
- **POUR TENTER DE TROUVER UNE SOLUTION POUR ÉVITER QUE ROMAIN ET SES POTES N'ENTRENT DANS LA MAISON, C'EST EN 13.**

21

Je me demande s'il est encore temps de m'occuper de Malya, ou, plus exactement, de Malya et d'Antoine. À mon arrivée, ce dernier m'a confié qu'il partirait sans doute tôt. Et je ne l'ai pas aperçu depuis tout à l'heure, ce qui me pousse à croire qu'il a déjà filé...

Dans ce cas, la pauvre Malya doit être très déçue, et elle aura sûrement besoin qu'on lui change les idées. Je me dirige donc vers la cuisine, où j'ai aperçu mon amie un peu plus tôt. Mais en chemin, j'aperçois justement Antoine.

Alléluia, il est encore là ! Il y a toujours de l'espoir pour qu'il se passe quelque chose entre Malya et lui. C'est alors que je le vois mettre son manteau.

– Non, non, non ! je m'écrie toute seule.

Plusieurs visages se tournent vers moi, et je lance un sourire que j'espère rassurant sur ma santé mentale. Puis je poursuis – dans ma tête cette fois : *Tu ne peux pas partir maintenant!*

Il faut que j'improvise. Et vite.

En voyant Enzo passer avec sa bouteille à la main, j'ai un flash-back de bière renversée. Et une idée. Je lui pique la bouteille.

– Eh! proteste-t-il. T'aurais pu demander, je t'en aurais pris une!

Mais je ne me retourne pas. Je fonce droit vers Antoine qui, par chance, me tourne le dos. Et, sans hésiter, je lui renverse la moitié de la bière dessus.

Il pousse un cri furieux en s'écartant.

– Ça va pas, non? Cam!

– Oh, pardon! Désolée, désolée! je m'exclame. Je crois que j'ai trop bu. Oh là là, j'en ai mis partout sur ton manteau… Attends, je reviens!

Il a l'air tellement dégoûté que je culpabilise. Mais il ne faut pas : tout ça, c'est pour la bonne cause!

Je me précipite dans la cuisine, où j'attrape un rouleau de Sopalin que je fourre dans les mains de Malya.

– Qu'est-ce que…, commence-t-elle, surprise.

– Ne pose pas de questions, je lui souffle, comme une espionne dans un film. Antoine est dans l'entrée et *quelqu'un* a renversé de la bière sur son manteau. Il a besoin d'aide.

Je vois la compréhension éclairer les yeux de Malya. Elle me lance un regard incrédule, mais quand elle ouvre la bouche, je m'écrie :

– Dépêche-toi !

Et cette fois, elle file.

Vite, je vais me placer derrière la porte de la cuisine. C'est une vieille porte en bois ; du côté des gonds, il y a un jour suffisant pour qu'on puisse voir ce qui se passe de l'autre côté.

Malya s'approche d'Antoine et brandit le rouleau de Sopalin. Elle a l'air gênée, elle rigole un peu. À la place d'Antoine, je trouverais ça adorable. Il enlève son manteau et commence à éponger la bière. Malya découpe quelques feuilles pour l'aider. J'ai l'impression qu'ils se parlent, mais il y a trop de bruit pour que j'entende quoi que ce soit.

Si j'étais vraiment une espionne de film, je pourrais lire sur leurs lèvres, mais je vais devoir me contenter de déchiffrer leurs expressions.

Antoine rigole. Bien joué, Malya ! Il secoue la tête, répond quelque chose. Puis… non ! Pourquoi elle part ? Où est-ce qu'elle va ? Reviens ! Je n'ai pas inondé de bière ce pauvre garçon pour que tu laisses tomber si facilement !

Alors que je suis à deux doigts de sortir de ma cachette pour aller engueuler ma meilleure amie, elle réapparaît avec un cintre.

Oh, oh ! En voilà une bonne idée. Si le manteau d'Antoine sèche, il ne peut pas partir tout de suite !

Désolée de t'avoir sous-estimée, Malya.

Une fois son manteau sur le cintre, Malya lui souffle quelque chose, puis lui montre l'escalier. Quelques instants plus tard, ils ont disparu dans les étages. Je suis à la fois ravie que ma stratégie pour les rapprocher ait fonctionné… et un peu frustrée de ne plus pouvoir les observer.

Tant pis, elle me racontera tout demain. En tout cas, elle a intérêt !

Satisfaite de mon intervention, peut-être pas très subtile mais efficace, je retourne dans le salon.

- **SI J'AI DÉJÀ PARLÉ À GABRIEL, RENDEZ-VOUS EN 35.**
- **SI CE N'EST PAS LE CAS, RENDEZ-VOUS EN 31.**

22

Je m'approche de Nathan et je lui souffle :

– Ça te dit qu'on essaie de faire un jeu ? Ça pourrait détendre l'atmosphère, non ?

Il jette un œil autour de lui et approuve. Il se charge très efficacement de rameuter tout le monde et, bientôt, nous voilà assis en cercle dans mon salon.

– On n'a qu'à commencer par un petit « action ou vérité », propose Nathan. À l'ancienne ! Alors, qui veut se lancer ?

– Bah, toi, répliquent en chœur Tuan et Hannah.

– Ah ouais, sympa, je vois le genre !

– Action ou vérité ? questionne Hannah.

– Action, évidemment, réplique-t-il.

Hannah réfléchit quelques instants, puis propose :

– Montre-nous un truc extraordinaire que tu sais faire !

Connaissant Nathan, rien ne pouvait lui faire plus plaisir. Je me demande d'ailleurs si notre pote ne l'a pas fait exprès.

En tout cas, il s'avance au centre du cercle. Il fait un tour sur lui-même en souriant, lève les bras… et, d'un coup, bascule sur les mains ! Il tient parfaitement en équilibre, sans trembler.

Gros succès dans le cercle : tout le monde applaudit.

– On n'a qu'à continuer comme ça chacun son tour, propose Antoine. C'est cool, comme action, non ?

Comme la plupart semblent d'accord, on entame un premier tour où chacun fait une démonstration de ce qu'il veut.

Tuan nous montre quelques pas de danse classique – il en a fait plusieurs années et sa technique est impressionnante –, Amel jongle avec des oranges, Antoine récite la tirade de Cyrano… On a droit à un freestyle de rap, à une démo de Rubik's Cube les yeux bandés, à un alphabet en rots (classe), puis un deuxième alphabet mais récité à l'envers et sans rots (ouf). Je ris avec les autres, ravie que l'ambiance prenne. Mais quand mon tour arrive, je n'ai aucune idée de ce que je vais bien pouvoir faire.

J'hésite un instant à leur montrer mon talent pour les grimaces en retroussant ma lèvre supérieure pour la coller au-dessus de mes dents. Succès garanti... mais ridicule assuré. Finalement, une fois face à tous ces regards braqués sur moi, je dis la vérité.

– Le truc le plus extraordinaire que j'aie fait, c'est de voyager dans le temps...

Évidemment, ma déclaration déclenche des rires, mais je continue. En quelques minutes, je raconte la soirée d'hier – en passant sous silence la partie qui concerne Malya et Antoine et le moment où Gabriel et Rose se sont embrassés –, puis le réveil ce matin.

Au moment où je termine, Alina fronce les sourcils et demande :

– Et après ? Qu'est-ce qui se passe après ?

– Bah oui, tu peux pas t'arrêter avant la fin de l'histoire ! approuve Chloé.

Je les désigne et explique :

– C'est ce qu'on fait maintenant, la fin !

Des rires me répondent.

– Ah ouais, tu joues le jeu jusqu'au bout, me lance Nathan.

– En tout cas, déclare Antoine, tu as un talent pour inventer des histoires.

À côté de lui, Malya m'examine, comme si elle cherchait à savoir si mon récit était vrai.

– Bon, on danse, maintenant ! s'écrie Tuan, qui rejoint l'ordinateur pour redémarrer sa playlist spéciale.

Et cette fois, quand il se lance le premier au milieu du salon, presque tout le monde le rejoint. Ça commence à ressembler à un vrai réveillon !

• **RENDEZ-VOUS EN 30.**

23

– Non mais, c'est bon, laissez tomber, je soupire.

– Tu es sûre ? me demande ma mère.

– C'est trop tard pour organiser un truc. Je préfère encore rester là.

– Je comprends que tu sois déçue, mais tu ne veux pas au moins inviter deux, trois amies ? insiste mon père. Ou juste Malya ?

Je secoue la tête.

– Non, ça ira, merci.

Mon père change de stratégie.

– Au moins, tu mangeras bien ce soir, déclare-t-il. On a prévu du saumon fumé !

Ça me fait mal de voir qu'il essaie de me consoler alors que je compte lui mentir. C'est même trop dur de les regarder en face.

– J'ai pas faim, je marmonne. Je vais dans ma chambre…

– OK, comme tu veux, ma chérie, bredouille mon père.

Une fois dans ma chambre, j'écoute les messages que Rose m'a laissés. Le premier a visiblement été envoyé juste après l'appel de ses parents pour lui interdire de faire sa soirée. Elle est si furieuse que sa voix tremble. Je n'arrive même pas à l'écouter en entier ; je passe directement au deuxième. Ce qui est une bonne idée, puisqu'elle m'y annonce qu'elle a trouvé une solution. Son frère a accepté de la couvrir. En échange, elle devra s'occuper toute seule de ranger et nettoyer la maison avant que ses parents reviennent.

Je pousse un soupir de soulagement quand soudain, mon portable se met à sonner. C'est Malya.

– Allô ?

– Cam ! Comment ça va ? Qu'est-ce qui s'est passé ? Je peux faire quelque chose pour t'aider ? Tu veux que je vienne ?

Je pousse un long soupir.

– Pardon, tu me connais, je pose trop de questions quand je m'inquiète. Raconte-moi tout.

– C'est moi qui suis désolée… J'ai fait n'importe quoi ! Je me sentais mal de mentir à mes parents, alors j'ai préféré leur dire la vérité et leur demander la permission d'aller à la soirée. Je ne sais pas à quoi je m'attendais, mais évidemment, ils ont dit non. Et, comme une idiote, je n'avais pas prévu qu'ils appelleraient les parents de Rose…

– Tu ne pouvais pas savoir, tente de me rassurer Malya à l'autre bout du fil. Et puis, ça s'est arrangé, finalement. Si tu veux mon avis, les parents de Rose, ils s'en moquent un peu, de cette histoire de soirée…

– Tu crois ? Dans ce cas, c'est l'opposé des miens !

– Ils t'ont privée de sortie ?

– Non, mais ils ont eu une réaction trop bizarre. Ils m'ont proposé d'organiser une fête ici, sous leur surveillance.

– Ah bon ? C'est plutôt sympa…

– Ouais…, je marmonne. Mais j'ai refusé.

– Qu'est-ce que tu vas faire, alors ? interroge Malya. Tu vas rester toute seule chez toi ?

Je baisse la voix, même si mes parents ne peuvent pas m'entendre depuis le salon.

– Je vais essayer de vous rejoindre chez Rose.

– Quoi ? Attends, je comprends plus rien, répond mon amie, perplexe.

– Ils ne font pas le réveillon. Enfin, ils se sont prévu un bon dîner, mais ils iront se coucher avant minuit.

Ils trouvent ça idiot de patienter juste pour se souhaiter une bonne année. Du coup, je pensais attendre qu'ils aillent se coucher pour faire le mur.

Silence.

– Malya ? Tu es toujours là ?

– Oui, oui, répond-elle. C'est juste que... tu as tout avoué à tes parents par culpabilité, et là, tu veux sortir en douce pendant qu'ils dorment ?

– Je sais ! je gémis dans le téléphone. Je suis débile. J'aurais jamais dû leur en parler, finalement. Juste avant la soirée, en plus !

– Bon, c'est fait, maintenant. Pas la peine de t'en vouloir, ça ne sert à rien. Concentrons-nous sur les solutions. Tu comptes venir comment ?

– Je pensais prendre un vélo en bas de chez moi.

– Bonne idée. Tu me tiens au courant, que quelqu'un sache où tu es, d'accord ?

– OK, je t'enverrai un message quand je sortirai de l'appartement.

– Et après, il faudra que tu rentres avant que tes parents se réveillent, me fait remarquer mon amie.

– Je sais...

– Si besoin, on pourra toujours te raccompagner à plusieurs, pour que tu ne fasses pas le chemin toute seule.

– J'ai vraiment trop de chance de t'avoir, je souffle, touchée par tous les efforts que Malya est prête à faire pour moi.

Et un peu penaude en pensant qu'elle m'a dit hier que je ne m'intéressais pas à elle. Mais elle a raison : inutile de revenir sur ce qui s'est passé. Surtout quand ça n'a pas vraiment eu lieu. Mieux vaut que je me concentre sur comment devenir une amie digne de ce nom à partir de maintenant.

– Bon, je vais partir chez Rose, me dit Malya. Je garde mon portable dans ma poche, tu m'appelles s'il y a un problème.

– Ça marche. À tout à l'heure, je chuchote.

Les heures qui suivent sont longues et pénibles. Mes parents viennent plusieurs fois me proposer de manger quelque chose, Hector vient même frapper à la porte pour me demander de jouer avec eux. Mais je suis bien trop stressée pour avaler quoi que ce soit. Et j'ai peur que mes parents lisent mes projets sur mon visage, qu'ils sentent ma mauvaise conscience d'une façon ou d'une autre. Alors je reste dans ma chambre et j'attends.

Vers 22 h 30, des bruits de rangement s'élèvent du salon : les chaises remises en place, le lave-vaisselle qu'on remplit. Mes parents sont sur le point de se mettre au lit.

Je m'empresse de me glisser sous la couette, d'éteindre la lumière et de faire semblant de dormir.

Quand mes parents ouvrent la porte de ma chambre, un quart d'heure plus tard, je m'applique à respirer lentement. J'entends quelques pas, puis la porte qui se referme et un chuchotement de l'autre côté, suivi de bruits dans la salle de bains. Je laisse passer encore une dizaine de minutes avant de me relever.

Déjà, les ronflements de mon père me parviennent. À cause d'eux, ma mère dort avec des boules Quies, ce qui m'arrange bien.

Je prends mon sac, rejoins l'entrée sur la pointe des pieds, attrape mon manteau et mes chaussures. Puis vient la partie la plus délicate : ouvrir et fermer la porte. Heureusement, on habite dans un appartement moderne où rien ne grince.

Ce n'est qu'une fois dans le hall de l'immeuble que je retrouve une respiration normale. Comme promis, j'envoie un texto à Malya pour la prévenir que je pars, et sa réponse arrive immédiatement :

> « OK, si tu n'es pas là dans un quart d'heure, je t'appelle. Et si tu ne réponds pas, je préviens le GIGN. Fais attention sur la route. »

Par chance, je trouve tout de suite un vélo de location qui fonctionne – un électrique, en plus. Les rues sont désertes et, dix minutes plus tard, je me gare à la station juste à côté de chez Rose.

Arrivée devant la grille noire, je m'arrête un moment pour écouter. On entend la musique étouffée depuis la rue, mais aussi des voix qui viennent du jardin. Je sonne. La grille s'ouvre quelques secondes plus tard sans que personne ne m'ait demandé qui j'étais. Pas étonnant que Romain et ses potes aient pu squatter la soirée hier…

Quand je pousse la porte de la maison, la musique me saute dessus. Les basses font trembler le sol. Il y a des gens partout. Je me faufile jusqu'au placard de l'entrée pour poser mon manteau et mon sac, avant de m'aventurer dans la cuisine. Malya est là, en train de discuter avec Antoine. Je ne veux pas les déranger, alors j'attends de croiser le regard de mon amie pour lui faire signe.

Dès qu'elle m'aperçoit, elle se précipite vers moi.

– Tu es arrivée ! s'écrie-t-elle. Ça a été, le trajet ?

– Oui, oui, sans problème. Mais je ne veux pas vous interrompre, j'ajoute en désignant Antoine du menton.

Il me sourit et nous rejoint.

– Ça va, Cam ? Je savais pas que tu venais.

– Disons que c'était une décision de dernière minute, je réplique avec une grimace.

Puis je me penche vers Malya et demande :

– Tu crois que Rose sera contente de me voir ?

– Honnêtement, je crois que ça va lui passer au-dessus, souffle mon amie. Elle a bien bu, déjà…

Je ne suis pas étonnée ; si c'est comme hier, elle risque de ne même pas remarquer que je suis là. Au bout de quelques instants plantée face à Antoine et Malya, je me rends compte que je suis de trop.

– Bon, je déclare brusquement, je vais aller faire un tour… enfin, dire bonjour !

Je tourne les talons, manquant de rentrer dans Enzo.

– Eh ! proteste-t-il, avant de me reconnaître et d'ajouter : Salut, Cam ! Je t'avais pas vue !

– Je viens d'arriver ! je lui crie à l'oreille.

En arrivant dans le salon, je croise Baptiste avec un groupe d'amis. L'espace d'un instant, je me demande si le garçon avec qui j'ai discuté hier à travers la porte de la salle de bains se trouve parmi eux. Puis mon regard parcourt la pièce bondée. J'ai déjà vécu ce moment. Manon et Lyna au centre de la piste de danse, pas loin de Tuan, déchaîné. Nathan un peu à l'écart, une bière à la main. Je m'attendais à trouver Gabriel à côté de lui, mais il n'est pas là. Assise sur le canapé, Alina discute avec une fille dont le nom m'échappe, qui est dans une autre classe de seconde.

Enfin, je repère Gabriel. Ou Rose, puisqu'ils sont si collés qu'ils ne forment plus qu'une seule et même silhouette. Sur un côté de la piste de danse, ils s'embrassent, immobiles, les yeux fermés. Ah non, en fait, ils bougent. Ils dansent un slow alors que tout le monde s'agite autour d'eux. Ils ignorent le rythme de la musique d'une façon que je pourrais trouver parfaitement romantique si on était dans un film. Ou si c'était moi qui étais collée à Gabriel. Mais visiblement, ce n'est pas mon destin.

Je suis sous le choc, mais pas de la même façon qu'hier. La première fois, j'ai ressenti de la surprise, l'impression que l'univers avait basculé autour de moi, que j'assistais à quelque chose d'impossible. Maintenant, c'est plus… de la colère.

Comment j'ai pu laisser la même scène se reproduire ? Et comment Rose peut-elle embrasser le garçon dont je lui parle depuis des semaines, dont elle sait que je suis folle ?! La première fois, j'ai pu croire que c'était un accident. Mais deux fois de suite ? Je réalise que mon cœur tambourine dans ma poitrine, que le sang bat dans mes oreilles. Je ne peux pas rester là à les regarder. Il faut que je fasse quelque chose. N'importe quoi.

- **POUR ALLER DIRE À ROSE SES QUATRE VÉRITÉS, C'EST EN 15.**
- **POUR FUIR LA SCÈNE, RENDEZ-VOUS EN 26.**

24

Je ne peux pas résister. Une petite voix me dit que je devrais, mais je ne l'écoute pas. Je rêve d'un moment comme celui-ci depuis des mois. Non, pour être honnête, je n'aurais même pas osé rêver d'un truc aussi cool.

– Ouais, OK, je réponds du ton le plus détaché possible.

Avant d'aller prendre nos manteaux dans l'entrée, je jette un œil dans le salon. Rose est en train de danser, les yeux fermés. Elle a l'air bien. Je sens une pointe de culpabilité. Si je pars avec Gabriel, est-ce que la soirée ici ne risque pas de mal tourner comme hier ? J'ai l'impression de l'abandonner.

En même temps, je me raisonne : il y a déjà mille choses qui ont changé depuis le début de la fête, donc peut-être que tout le reste se passera différemment aussi. Et puis zut à la fin, pourquoi la suite de cette soirée devrait être ma responsabilité ? Ce n'est pas moi qui l'organise !

Quelques instants plus tard, on est tous les trois dehors. Arrivé devant le scooter de Gabriel, Nathan nous lance :

– On se retrouve là-bas !

Puis il s'éloigne à pas rapides dans la nuit. La place n'est qu'à un quart d'heure à pied, soit cinq minutes en scooter, j'imagine. Cinq minutes dont je compte bien profiter.

Gabriel me tend un deuxième casque, que j'enfile avec difficulté. Il se penche vers moi pour fermer la sangle sous mon menton et je frissonne, troublée par cette proximité inédite. Déjà, il monte sur le scooter.

– Grimpe derrière. Tu peux appuyer ton pied là, précise-t-il en me montrant un truc métallique qui dépasse.

Je m'exécute tant bien que mal. Gabriel prend alors mes mains et place mes bras autour de sa taille. Je me retrouve collée contre son dos. C'est le paradis.

– Accroche-toi bien, me crie-t-il. Je roule vite !

J'essaie de répondre, mais il fait rugir le moteur. Le bruit est infernal. Je ne suis jamais montée sur un scooter de ma vie. Mes parents me tueraient s'ils me voyaient. Mais là, tout de suite, je m'en fiche.

Gabriel démarre en trombe et je m'accroche encore plus fort – cette fois, c'est vraiment pour ne pas tomber. Il conduit trop vite et s'amuse à slalomer sur la chaussée, heureusement vide. Je sens mon estomac remonter. Qu'est-ce qui se passe si on vomit dans un casque ? Est-ce que je peux mourir étouffée ?

J'aimerais que Gabriel ralentisse, mais je suis paralysée par la peur. Je ne peux pas bouger d'un pouce. Même ouvrir la bouche me semble insurmontable. Et j'ai froid aux mains.

Je ferme les yeux avec l'espoir irrationnel que le trajet se termine rapidement. Après un temps qui me semble infini, je sens le scooter ralentir au moment où j'entends une sirène de police.

Je rouvre les yeux, juste à temps pour voir un policier sortir d'une voiture et faire signe à Gabriel de s'arrêter.

Eh zut.

– Il faut que tu descendes, me dit Gabriel. Sinon, je ne peux pas descendre non plus.

Il a l'air énervé.

Je me dépêche d'obéir et regarde le policier approcher comme dans un cauchemar.

– Votre brevet de sécurité, demande-t-il en tendant la main vers Gabriel. Et la carte grise et l'assurance du véhicule.

Mon chauffeur fouille dans la poche de son blouson et tend une pochette au policier. Je retiens un soupir de soulagement. Il n'a pas l'air inquiet, tout doit être bon, on va pouvoir repartir. En tout cas, c'est ce que je crois… jusqu'à ce que l'agent ajoute :

– On va faire un petit contrôle d'alcoolémie.

Et là, brusquement, je réalise. Je suis stupide. Complètement stupide. J'ai vu Gabriel enchaîner les bières dès son arrivée chez Rose. Et pourtant, l'idée que cette virée était dangereuse ne m'a pas effleurée.

On aurait pu y aller à pied, comme Nathan ! J'aurais dû insister pour qu'on marche. Mais il est trop tard, maintenant.

Le contrôle est positif, évidemment. Le policier nous demande de monter à l'arrière de sa voiture. Direction le poste.

Quand ma mère vient me récupérer une heure plus tard, j'ai un affreux sentiment de déjà-vu. La même déception dans ses yeux. La même honte d'avoir menti – à laquelle s'ajoute cette fois le fait de m'être mise en danger.

Je vais me coucher en me promettant que si j'ai une autre chance, je ne la gâcherai pas. Mais quand je me réveille après quelques heures de sommeil, mon téléphone est formel. On est bien le 1er janvier.

Et je risque de passer un très mauvais début d'année, vu la conversation qui m'attend avec mes parents…

FIN

25

Je constate avec soulagement que Gabriel et Manon ne sont plus en tête à tête. Malheureusement, ils sont toujours ensemble. Mais au moins, il y a Nathan avec eux. Voilà qui va faciliter mon approche.

Je m'avance vers eux en m'efforçant de prendre l'air le plus détendu possible. Je réfléchis à une phrase bien sentie, qui réussirait à communiquer à la fois le plaisir de voir mon crush et le fait que Manon est tout à fait de trop. Et comme je ne trouve pas, je me contente d'un tragique :

– Hé !

– Si c'est pour tes histoires de porte à garder, j'ai déjà dit non ! lance aussitôt Gabriel en levant les mains en l'air.

– Non, c'est bon, plus la peine, le problème est réglé, je réponds avec un sourire forcé.

Contrairement à celui de Manon, qui a l'air de trouver cet accueil très réjouissant. C'est elle que j'aurais dû trouver un moyen de virer la soirée !

Je soupire et les écoute en silence.

• **RENDEZ-VOUS EN 19.**

26

Je n'ai pas envie de voir ça, en fait. Je fais volte-face et file me réfugier dans la cuisine. Je cherche Malya et Antoine, mais ils ne sont plus là. Ils se sont sûrement isolés... ce qui est une bonne nouvelle pour mon amie, un peu moins pour moi, qui me retrouve toute seule au moment où j'ai besoin de me plaindre.

Mais même si vider mon sac me ferait du bien, je n'en suis pas au point d'aller interrompre son tête-à-tête. Ni même d'aller raconter ma vie à quelqu'un d'autre.

Je me demande juste ce que je vais faire maintenant. Mes amis sont répartis en deux groupes : ceux qui dansent et ceux qui boivent. Je ne peux pas aller danser dans le salon, à deux mètres de Gabriel et de Rose.

Je n'en ai pas la force. Et je n'ai aucune envie de boire avec les autres, la soirée d'hier m'a suffi, merci.

Soudain, je me rappelle la conversation que j'ai eue hier avec l'ami de Baptiste, celui qui m'a parlé à travers la porte de la salle de bains. Il m'a dit qu'il ne buvait pas beaucoup, ou en tout cas moins que ses amis. Voilà quelqu'un qui pourrait me comprendre ce soir. Le problème, c'est que je n'ai aucune idée de qui c'est.

Quoique… je ne sais pas à quoi il ressemble, mais je connais sa voix, et il m'a raconté quelques trucs sur lui qui pourraient m'aider à le retrouver.

Je m'approche du groupe formé par les amis de Baptiste dans un coin de la cuisine. Ils parlent à toute allure et rigolent à des blagues que je ne comprends pas. Je me fais discrète tout en étudiant les garçons qui sont là. Le premier, un grand costaud, est en train de descendre un verre de vodka avec autant de décontraction que si c'était un jus de fruits. J'en déduis que ce n'est pas mon inconnu. À côté, il y a un grand brun très mince qui parle avec les mains. Il sourit beaucoup et a l'air très joyeux, le genre avec qui on a envie de sympathiser. Mais quand je tends l'oreille pour écouter ce qu'il est en train de raconter – le pitch d'un film qu'il adore, si je comprends bien –, je suis déçue de constater que sa voix ne correspond pas. Dans le même cercle, un autre, plutôt petit, les cheveux bruns et bouclés, tient une bière à la main mais n'a pas l'air d'en boire beaucoup. C'est peut-être lui ? Le problème, c'est qu'il ne parle pas. Il se contente de hocher la tête ; cela dit, son visage est super expressif. Bon, il faudra que j'y revienne plus tard. Le dernier de la bande est un grand blond jovial, qui rit très fort... mais pas du tout du rire haut perché que j'ai entendu hier. Je soupire, déçue. Peut-être qu'il n'est pas encore arrivé, après tout ?

– Trop bien, j'adore cette chanson ! s'écrie soudain la copine de Baptiste en se précipitant vers le salon.

Ce dernier rigole.

– Vous savez ce que ça veut dire, ça ? Que Sacha a pris le contrôle de la musique !

Les autres confirment joyeusement et échangent quelques nouvelles *private jokes.* Mais je me fiche pas mal de ne pas comprendre de quoi ils parlent. Non, ce qui m'intéresse, c'est de savoir qui est ce fameux Sacha !

Je prends mon courage à deux mains et retourne prudemment dans le salon. J'observe la piste de danse, cherche à droite et à gauche... Rose et Gabriel ont disparu. En voilà une bonne nouvelle !

Je me dirige donc vers l'ordinateur, derrière lequel se trouve un garçon que je ne connais pas. C'est Sacha, j'imagine. Il est mince, avec des lunettes, les cheveux châtains un peu longs, et il porte un T-shirt d'un obscur groupe de rock.

Je sens tout de suite que c'est lui, mon inconnu. Je m'avance, prête à le saluer. Juste à temps, je me rappelle que, pour lui, la soirée d'hier n'a jamais existé. Et donc qu'il n'a aucune idée de qui je suis, ni aucun souvenir d'une quelconque conversation avec moi.

Je réfléchis quelques instants tout en l'examinant. Il est concentré sur l'écran et ne fait pas du tout attention à moi. Pourquoi ne pas me servir de ce qu'il m'a confié hier ? Ça pourrait créer une rencontre parfaite, digne des comédies romantiques que je regarde le dimanche. Deux inconnus qui se croisent par hasard et découvrent qu'ils ont tout un tas de points communs sur les sujets les plus improbables…

Je me creuse la tête pour me souvenir de ce que Sacha m'a raconté. Puis je prends une grande inspiration et me rapproche de lui. Il remarque enfin ma présence et me salue d'un petit mouvement de tête.

– Salut, je m'appelle Cam.

– Sacha, répond-il simplement.

Je me mords l'intérieur des joues pour ne pas sourire. C'est bien lui ! C'est la voix d'hier ! Comme je n'ajoute rien, il me demande :

– Tu es une amie de Rose, c'est ça ?

– Et toi de Baptiste, j'imagine.

Après un nouveau silence, il me demande :

– Tu… tu voulais que je mette une musique particulière, peut-être ? N'hésite pas, j'ai l'habitude qu'on me demande. C'est votre soirée aussi, hein !

Il m'adresse un sourire encourageant. Je rigole et réplique :

– Oh, moi, tu sais, j'ai des goûts musicaux un peu particuliers…

Je vois qu'il me regarde avec plus d'intérêt, alors je continue :

– Si je passe ce que j'aime en soirée, on me jette des tomates à la figure. Tu vois le genre !

Cette fois, il se détourne complètement de l'écran. Son attention est piquée. Il fronce les sourcils.

– Attends, qu'est-ce que tu as dit ?

Je hausse les épaules.

– Rien, c'est juste une blague, je réplique. Mes amis trouvent que la musique que j'écoute n'est pas faite pour danser.

– Tu écoutes qui, par exemple ? questionne Sacha.

Je m'empresse de lui parler du groupe de rock alternatif belge que j'ai découvert la veille grâce à lui. Il a des étoiles dans les yeux.

– C'est pas vrai ! s'exclame-t-il. Tu les connais, c'est fou ! Je les adore !

Je hoche la tête avec un air de connaisseuse, avant de lui citer quelques autres groupes dont il m'a parlé, parmi des artistes plus connus.

Il ouvre de grands yeux incrédules.

– Non mais c'est dingue ! T'es en train de citer toute ma playlist préférée !

Sacha ne proteste même pas quand un de ses amis, le grand brun très mince, passe à sa place derrière l'ordinateur pour mettre une autre chanson. Il s'écarte juste un peu plus pour continuer à discuter avec moi.

– Comment ça se fait que tu écoutes ce genre de groupes ? m'interroge-t-il. Je veux dire, comment tu les as découverts ?

Je hausse les épaules et détourne la question.

– J'adore la musique, depuis toujours. Dès qu'on me parle d'un truc nouveau, je vais écouter. Alors à force, je suis tombée sur des trucs bizarres !

Sacha hoche la tête.

– Ouais, c'est un peu pareil pour moi.

Comme je n'ai pas très envie qu'il creuse la discussion en évoquant d'autres artistes que je ne connais pas du tout, j'enchaîne :

– Et tu fais des études de musique, du coup ?

Comme la veille, il soupire et répond :

– Malheureusement non…

– Tes parents ne sont pas d'accord ?

Sacha s'arrête et me dévisage, sourcils froncés.

– C'est exactement ça, déclare-t-il. Comment… comment tu le sais ?

– Ce n'est pas difficile à deviner, je lui assure. Je crois qu'aucun parent ne veut que son enfant fasse de la musique à la fac. Ils veulent tous qu'on parte en médecine ou… en école de commerce !

Une nouvelle fois, je vois Sacha tiquer. Je suis peut-être allée trop loin ; maintenant, il a l'air perturbé.

Après quelques instants, il secoue la tête et répond :

– Oui, tu as raison, j'imagine que c'est courant… Mais tu joues d'un instrument, du coup ?

– Pas vraiment, j'avoue.

J'ai trop peur qu'il se mette à me parler technique et que je n'y comprenne rien. Je ne veux pas prendre le risque d'être démasquée !

– Mais j'ai très envie de commencer la basse, j'ajoute aussitôt.

– OK, ça devient carrément bizarre, souffle-t-il.

– Quoi ? je demande avec mon air le plus innocent.

Il recule et regarde autour de lui.

– Tu as discuté avec mes amis avant de venir me voir ? m'interroge-t-il, suspicieux. Tu les connais ?

– Non, je ne leur ai pas parlé, pourquoi ? Je connais juste Baptiste parce que c'est le grand frère de Rose.

– Tu es sûre qu'ils ne t'ont pas envoyée pour me faire une blague ?

Je secoue la tête, en prenant l'air surpris. Zut, j'aurais dû en faire un peu moins… En même temps, je ne vois pas de quoi j'ai peur. Il peut toujours interroger ses amis, ils lui diront qu'ils ne m'ont jamais parlé ! Ce n'est pas comme s'il risquait de découvrir que j'ai déjà vécu ce 31 décembre hier soir dans ce qui devait être un univers parallèle…

– Non, c'est peut-être juste moi qui suis parano, reprend- il. C'est juste que… je joue de la basse, justement.

– Mais non ! Fou !

– Oui… c'est fou…, marmonne Sacha.

Il se secoue comme pour reprendre ses esprits et ajoute :

– En tout cas, c'est chouette de rencontrer quelqu'un qui a les mêmes goûts que moi. Surprenant, mais chouette !

Je souris. Voilà, c'est une bien meilleure direction pour cette conversation.

Je me creuse la tête pour trouver un autre sujet de discussion – parce que j'arrive au bout de ce qu'il m'a fait découvrir en musique hier – quand soudain, je repère Romain et ses quatre potes qui passent dans le salon.

Mince. Avec toute cette histoire, j'avais oublié les squatteurs... Si les choses se passent comme hier, ils vont créer des problèmes et la soirée va se terminer avec l'arrivée de la police.

Je n'ose même pas imaginer la réaction de mes parents s'ils découvrent que j'ai fait le mur pour aller quand même à la soirée de Rose, après la conversation qu'on a eue et tous les efforts qu'ils ont faits pour me proposer une solution, puis essayer de me remonter le moral.

Non, ça ne peut pas arriver. Il faut que je règle ce problème.

Je me tourne vers Sacha.

– Est-ce que tu as des amis costauds qui pourraient jouer les videurs ? je demande.

Il a un petit rire.

– Je rêve ou tu sous-entends que je suis faible ?

Puis, comme il voit que je ne rigole pas, il reprend :

– Ah non, pardon, tu étais sérieuse. Quelque chose ne va pas ?

– C'est juste que je viens de voir arriver des gars qui ne devraient pas être là. Ils ne sont pas invités, et je pense qu'il ne faut pas qu'ils restent.

– Tu veux dire qu'ils risquent de pourrir la soirée, comprend Sacha. Ils sont combien ?

– Cinq. Viens, je te montre.

Discrètement, je lui indique le coin du salon où se trouvent à présent Romain et ses potes, chacun une bière à la main.

– D'accord, répond Sacha. Et tu es sûre que personne ne les a invités ? Rose pourrait ne pas te l'avoir dit ?

Je secoue la tête.

– J'en suis persuadée. Et dans tous les cas, je te dirais quand même qu'il faut les faire sortir.

– Compris. Ne bouge pas, on va s'en occuper.

J'acquiesce et le regarde partir vers la cuisine. Quelques minutes après, Sacha revient dans le salon avec Baptiste et les garçons que j'ai observés tout à l'heure. En tout, ils sont six, un de plus que les squatteurs. Ils sont aussi plus âgés, et Baptiste est chez lui. En plus, le grand costaud est vraiment costaud.

Tout de même, je ne suis pas tout à fait rassurée quand le groupe de Baptiste rejoint celui de Romain. Ça commence comme une discussion normale entre les deux garçons, mais rapidement, le ton monte. Les gens s'arrêtent de danser, se tournent pour regarder.

Un moment, je crains de n'avoir réussi qu'à accélérer l'inévitable. Mais quand le copain costaud de Baptiste et Sacha s'avance et parle à son tour, les potes de Romain se calment immédiatement. Je ne sais pas ce qu'il leur a dit, mais ça a bien fonctionné.

Les squatteurs se dirigent vers la sortie, non sans avoir lancé plusieurs fois bien fort que la soirée était nulle et qu'ils allaient voir ailleurs. Peu importe, le résultat est le même : bientôt, ils ont quitté la maison. Le groupe de Baptiste revient vers moi et Sacha m'annonce avec un air satisfait :

– Problème réglé ! Y avait qu'à demander...

Je pousse un soupir de soulagement. Le plus gros risque que la soirée tourne mal est évité.

Soudain, quelqu'un crie :

– Hé ! Il est bientôt minuit ! Tout le monde au salon !

Plusieurs voix relaient le message et, en quelques instants, la pièce se retrouve bondée. Rose et Gabriel se sont faufilés au centre de la piste de danse – pas étonnant, puisque Rose est chez elle. Je détourne les yeux pour ne pas avoir à assister à ce spectacle écœurant. De l'autre côté, Malya et Antoine sont là, eux aussi. Et si je ne me trompe pas... oui, ils se tiennent discrètement la main ! Je suis ravie pour mon amie. Mais je suis aussi toute seule au milieu des amis de Baptiste quand le décompte commence.

– 5... 4... 3... 2... 1... BONNE ANNÉE !

Autour de moi, tout le monde s'embrasse, rit, se saute dans les bras. J'essaie de me faire toute petite, embarrassée. Mais évidemment, quelqu'un finit par remarquer que je suis seule.

– Bon, bah bonne année à toi, Cam, me dit gentiment Sacha en me faisant la bise.

– Merci, à toi aussi, je réponds en me forçant à sourire.

Au moins, il se souvient de mon prénom.

– Faudra qu'on essaie de reparler musique un de ces quatre, me dit-il avant de s'éloigner.

Hum. *Un de ces quatre*, ça n'a pas franchement l'air d'être une priorité. En même temps, qu'est-ce que je croyais ? Que si je lui citais quatre groupes qu'il aime bien et que je prétendais adorer la basse, il allait tomber follement amoureux de moi ? Pas très vraisemblable.

– Bonne année, Cam !

Tuan et Nathan m'ont rejointe pour me faire une bise, puis c'est au tour d'Alina. Je me sens en décalage avec leur euphorie, pas vraiment à ma place.

Déjà, les gens recommencent à danser. Et je me rends compte que je n'ai qu'une envie : rentrer chez moi.

Je voudrais prévenir Malya, mais je ne la trouve pas. Enfin, jusqu'à ce que j'aille récupérer mon manteau dans le placard de l'entrée. Car elle est au même endroit, en train de faire la même chose. Avec Antoine.

Je fronce les sourcils.

– Qu'est-ce que tu fais ? je demande. Tu ne restes pas dormir ici ?

– Si, si, ne t'en fais pas, me répond-elle en riant. On va juste se promener un peu dans le jardin avec Antoine.

Son sourire est si radieux que je pense que pour elle, l'année à venir sera bonne. Elle le mérite.

– Et toi ? me questionne-t-elle.

– Je vais rentrer chez moi. Mais tout va bien. J'ai juste… envie d'aller me coucher.

Malya fronce les sourcils.

– Tu veux qu'on parle ?

– Non, vraiment, ça va.

– OK. Mais tu m'envoies un message quand tu arrives chez toi, d'accord ?

– Promis.

Quelques minutes plus tard, je file dans la nuit sur un vélo de location. Je ne sais pas trop quoi penser de ce qui s'est passé ce soir. Évidemment, ce n'est pas le réveillon que j'imaginais, mais ce n'est pas non plus la catastrophe d'hier.

Je crois que le problème est ailleurs. Comment on peut passer la meilleure soirée de sa vie si on n'a aucune idée d'à quoi ça ressemblerait, la meilleure soirée de sa vie ?

Ce soir, je ne me suis pas sentie à ma place. Et en repensant à cette conversation surréaliste avec Sacha, où j'ai essayé de lui faire croire que j'étais quelqu'un d'autre, quelqu'un comme lui, je me dis que c'est peut-être par là que je devrais commencer.

Je gare le vélo à la station au pied de chez moi, je me faufile dans mon appartement. Pas un bruit à part le ronflement régulier de mon père. Je me déshabille et me glisse sous la couette avec délice. Ça fait du bien d'être au chaud.

Je suis plus fatiguée que je ne le pensais ; je sens que mes yeux se ferment tout seuls.

Quand je les rouvre, c'est le matin. Ma famille est réveillée, je les entends. Je m'étire, puis attrape mon téléphone. On est bien le 1er janvier, pas de voyage dans le temps cette fois-ci !

Ma nouvelle année a bel et bien commencé. Sans mal de crâne, et avec une nouvelle résolution. Il est temps de découvrir qui est vraiment Camille. Ce qu'elle aime, ce qu'elle veut, où elle va. C'est décidé : mon prochain réveillon me ressemblera.

FIN

27

J'ai senti dans la voix et l'attitude d'Antoine qu'il était prêt à partir. Il faut que je prévienne Malya, sinon sa soirée va être gâchée ! Elle n'est pas sur la piste de danse du salon ni dans l'entrée. Finalement, je la trouve dans la cuisine, en train de manger des Schtroumpfs.

– Qu'est-ce que tu fais ? je lui demande en la rejoignant.

Elle me regarde comme si j'étais devenue stupide au cours des dix dernières minutes.

– Je mange des bonbons, me répond-elle lentement en désignant le bol devant elle.

– Mais non, je veux dire : pourquoi tu n'es pas en train de parler avec Antoine ?

– Chut !

Paniquée, Malya regarde partout autour d'elle pour vérifier qu'il n'est pas là. Une fois rassurée, elle me rétorque :

– Sûrement pour la même raison qui fait que tu n'es pas en train de discuter avec Gabriel !

– Je croyais que ça n'avait rien à voir ?

Elle me fait une grimace avant d'engloutir une Schtroumpfette.

– J'attends le bon moment, finit-elle par m'avouer en rougissant un peu.

Je n'ai jamais vu Malya dans cet état. Antoine lui plaît vraiment, on dirait. Peut-être qu'à choisir, elle aurait préféré la soirée d'hier ?

Je sens une pointe de culpabilité. Si elle ne lui parle pas ce soir, ce sera à cause de *mes* choix. Donc *à cause de moi*.

En même temps, elle m'a explicitement demandé de ne pas m'en mêler tout à l'heure. Et le simple fait qu'on en ait parlé a déjà changé le cours de leur soirée.

– Tu es sûre que tu ne veux pas que je t'aide ? je souffle quand même.

Malya hésite une seconde, puis me répond sur le même ton :

– Si, en fait, je veux bien. Je n'arriverai jamais à aller le voir directement, ajoute-t-elle. Et depuis tout à l'heure, j'attends dans la cuisine en me disant qu'il va venir manger un truc. Mais imagine qu'il n'ait pas faim, hein ?

J'aurais dû me douter qu'elle avait un plan.

– Il m'a dit qu'il hésitait à rester, je lui apprends avec une moue désolée.

– Ah bon ? Mais pourquoi ?

– *A priori*, ce genre de soirée, ce n'est pas vraiment son truc, je résume. Donc il va falloir que tu passes à l'action rapidement.

Malya hoche la tête, concentrée.

– Il faut que vous vous retrouviez dans un coin tranquille tous les deux, je suggère.

Je les vois encore assis sur les marches de l'escalier, en train de discuter comme si c'était la chose la plus naturelle au monde. Si ça a pu arriver une fois, alors ça doit pouvoir se produire de nouveau…

– Ne bouge pas, je lance, décidée, je vais aller voir où il est.

Le soulagement est visible sur le visage de mon amie, et je ne peux pas m'empêcher de sourire. Je passe déjà une bien meilleure soirée qu'hier.

Je fais un tour rapide du rez-de-chaussée : aucune trace d'Antoine. Je constate au passage que Gabriel est en train de boire une bière avec Nathan et Manon, qui éclate de rire en secouant la masse de ses cheveux blonds d'une façon qui me donne aussitôt envie de revenir avec une paire de ciseaux. *Concentre-toi, Cam.*

Tout à coup, je vois Tuan franchir la porte d'entrée, et j'ai une illumination. Le jardin ! Je file à la fenêtre jeter un coup d'œil : gagné ! Antoine est au téléphone dehors.

Je me précipite vers la cuisine.

– Il est dans le jardin, j'annonce à Malya. Mets ton manteau et va sur les balançoires !

Comme elle me regarde bizarrement, j'explique :

– Il est déjà dehors, et il n'a visiblement pas envie d'être là. Il y a des chances qu'il fasse un tour dans le jardin après son coup de fil, non ? Et là, *bim*, il te voit sur la balançoire, il vient te parler, vous tombez amoureux et je suis demoiselle d'honneur à ton mariage !

Malya lève un sourcil.

– Tu sais très bien que je ne me marierai jamais, me rappelle-t-elle.

– Roh, mais dépêche-toi ! Sinon, il va partir et ce sera trop tard.

Malya fonce récupérer son manteau puis sort dans le jardin. J'aurais dû lui dire de revenir au bout de dix minutes si notre plan ne fonctionne pas. La connaissant, elle serait bien capable de passer une heure sur la balançoire et de finir congelée. Si je ne la vois pas revenir, j'irai la chercher. Bon, maintenant, passons à la suite de mon programme spécial rattrapage de soirée catastrophe !

• POUR D'ABORD M'OCCUPER DU PROBLÈME DES SQUATTEURS, C'EST EN 14.
• POUR COMMENCER PAR ALLER VOIR CE QUE FAIT GABRIEL, RENDEZ-VOUS EN 29.

28

Je refuse de baser ma relation avec Gabriel sur une soirée qui n'a jamais existé dans cet univers. Même si pour l'instant, c'est surtout ma relation avec Gabriel qui n'a jamais existé. Mais bon, justement, il est temps que ça change.

– C'est cool que vous passiez ! je m'exclame en les invitant à entrer dans le salon.

Je me félicite intérieurement que Gabriel soit arrivé maintenant, et pas une heure avant. Puis je me tourne vers lui et demande :

– Tu danses ?

Il me lance un regard étonné, sans doute parce que d'habitude, j'ai du mal à aligner trois mots en sa présence. Puis il fait la moue.

– C'est pas trop mon truc, la danse, avoue-t-il.

Je lui tends la main avec un sourire rassurant (mais qui est cette personne et comment a-t-elle pris le contrôle de mon corps ?), et réplique :

– T'inquiète, tout le monde regarde Tuan, de toute façon.

Gabriel jette un coup d'œil à mon pote et rigole en le voyant justement en pleine imitation de Michael Jackson.

Il prend ma main et ne la lâche pas pendant qu'on rejoint les autres danseurs. Je me sens toujours bizarrement confiante, comme si j'étais entrée dans la peau d'un personnage – une fille sûre d'elle et détendue.

Face à face, on se met à bouger au rythme de la musique. Gabriel ne me quitte pas des yeux, et je lui souris. Avec la musique et les autres autour, on ne peut pas vraiment parler, alors tout passe par nos yeux, nos visages, nos expressions.

Je sens mon cœur faire des bonds, incrédule. Du coin de l'œil, je cherche Malya. Et quand je la trouve, mon sourire s'agrandit encore. Elle est assise à côté d'Antoine et ils discutent, l'air complice. Elle a posé la main sur son avant-bras et elle rit. Tout semble aussi bien se passer pour eux qu'hier dans l'escalier. Peut-être même mieux. À croire qu'ils sont destinés à être ensemble.

Je me retourne vers Gabriel et constate qu'il s'est rapproché de moi. Quand je lève la tête vers lui, nos visages sont à quelques centimètres à peine. Je sens son parfum, son souffle. Il pose ses mains autour de ma taille et m'attire encore plus près.

Je ne sais plus où je suis, je ne sais plus quel jour on est, mais je sais que Gabriel va m'embrasser.

Quelques instants plus tard, ses lèvres se posent sur les miennes. Notre baiser se prolonge. Je n'ai aucune idée du temps que je passe blottie dans ses bras, au milieu des danseurs. Mais c'est finalement la voix de Tuan qui me sort de ma bulle.

– Hé, y en a qui voudraient danser, ici ! lance-t-il.

– Ouais, allez vous embrasser ailleurs, tous les deux, rigole Amel.

Je me sens rougir jusqu'aux cheveux.

– On va s'asseoir un peu ? je propose à Gabriel.

Il hoche la tête et me suit jusqu'au canapé. J'ai le temps de croiser le regard de Malya, qui lève le pouce dans ma direction. Puis je me retrouve à nouveau face à Gabriel. Je lui souris et tente un timide :

– Je ne m'attendais pas à ça...

Ses magnifiques yeux noirs me fixent quelques secondes, puis il attire mon visage vers lui pour m'embrasser encore.

Et cette scène se répète presque à l'identique trois fois de suite. Je tente d'amorcer la conversation, mais Gabriel ne répond pas et m'embrasse à chaque fois. Ça commence à être un peu frustrant. Et, croyez-moi, je ne pensais pas dire ça un jour en parlant de bécoter le garçon le plus beau du monde !

Au bout d'un moment, je passe aux toilettes, et j'en profite pour vérifier que la porte de la chambre de mes parents est bien fermée. C'est le cas. En collant l'oreille contre le battant, j'entends leur série. Tout roule de ce côté-là. Je préfère qu'ils ne décident pas de vérifier que tout se passe bien juste au moment où je suis en train d'embrasser un garçon qu'ils n'ont jamais vu.

Quand je rejoins Gabriel sur le canapé, il a sorti son portable. Je jette un coup d'œil à son écran en m'asseyant : il est sur Instagram. Son fil alterne entre des photos de motos – j'en déduis que c'est une de ses passions – et de soirées. Pas vraiment étonnant pour un 31 décembre.

Je sors moi aussi mon téléphone pour prendre quelques photos : j'ai envie de garder des souvenirs de ce soir, de mes amis qui dansent dans mon salon. J'en profite pour immortaliser le rire partagé de Malya et d'Antoine. Puis je filme une chorégraphie de Tuan. Le visage concentré de Nathan devant l'ordinateur. Enzo qui engloutit cinq bonbons à la fois, la mine réjouie.

Satisfaite, je vais me rasseoir sur le canapé. J'attends que Gabriel relève le nez pour lui montrer les photos. J'attends encore. Mais rien ne semble plus pouvoir le distraire de son téléphone. Même quand je pose la main sur son genou, il ne tourne pas la tête vers moi.

– Hé ! je l'interpelle. Ça va ?

Il me lance un regard surpris, comme si je l'avais sorti d'une tâche qui demande beaucoup de concentration.

– Ouais, ouais...

Il range enfin son portable dans sa poche. Mais je n'ai pas le temps de me réjouir, car il frappe des mains sur ses cuisses et se lève d'un air décidé.

– Bon, c'était sympa, mais je vais y aller, moi, annonce-t-il sans croiser mon regard.

– Quoi ? je bredouille, stupéfaite. Mais... il n'est même pas minuit !

Je montre l'horloge accrochée au mur du salon, comme si ça allait le convaincre.

Gabriel se retourne et me lance son sourire ravageur, celui qui me fait fondre à chaque fois.

– Justement, répond-il. C'est l'heure d'aller à une vraie soirée.

– Une *vraie* soirée ?

Comme si j'avais besoin d'enfoncer le clou. Je sais très bien ce qu'il veut dire, alors pourquoi lui demander des explications qui ne pourront que me blesser encore plus ? Mystère.

– Il n'y a même pas de bières ici, Cam, répond-il sur le ton qu'il pourrait employer avec une enfant de six ans.

C'est sans doute ce ton qui me permet de me reprendre. Je sens une boule de colère se former au creux de mon ventre. S'il préfère boire plutôt que de passer la soirée avec moi, très bien.

Je force ma bouche à sourire, puis lance, du ton le plus léger possible :

– Je ne te souhaite pas une bonne année, il paraît que ça porte malheur de le dire en avance. À plus !

Et, sans lui laisser le temps de répondre, je lui tourne le dos et m'éloigne. Je traverse le salon, remonte le couloir et file tout droit dans ma chambre, que je ferme à clef avant de m'écrouler sur mon lit.

Les larmes coulent toutes seules sans que je puisse les arrêter. Ce n'est pas de la tristesse, plutôt un trop-plein de colère. Contre lui, qui est visiblement un imbécile. Contre moi, qui suis sans le moindre doute une imbécile.

Et tout le monde nous a vus nous embrasser… Comment je vais expliquer aux autres ce qui s'est passé ? Je suis en train d'essuyer mon mascara qui a coulé quand on frappe à ma porte. Gabriel ?

J'ouvre prudemment et je me retrouve face à Malya, que j'attire dans ma chambre avant de refermer derrière elle.

– Qu'est-ce qui se passe ? me demande-t-elle aussitôt. Je viens de voir Gabriel et Enzo partir, puis j'ai remarqué que tu n'étais plus là…

Je soupire.

– Ouais, il a décidé d'aller à une *vraie* soirée, parce que manifestement, le plus important dans la vie, c'est de boire des bières…

– Oh, Cam, je suis désolée !

– En même temps, il venait de passer un quart d'heure à regarder son portable. Et je n'ai pas réussi à avoir une seule conversation avec lui…

– Quoi ? Mais… je vous ai vus vous embrasser tout à l'heure, remarque-t-elle.

Je fais la moue.

– Oui, on s'est embrassés. Beaucoup embrassés, même. Mais on a dû échanger dix mots en tout et pour tout.

– Mince…

– Comme tu dis.

– Tu sais, commence mon amie, je ne suis pas sûre que Gabriel soit le mec idéal pour toi.

Je ne peux pas m'empêcher de rigoler.

– C'est une façon très gentille de le dire. Ou plutôt de me dire que je me suis plantée sur toute la ligne en fantasmant pendant des semaines sur un mec à qui je n'ai jamais adressé la parole.

Malya a un sourire gentil; elle me tend la main.

– Reviens avec nous. L'ambiance est chouette… et il est bientôt minuit!

Je hoche la tête, vérifie ma tête dans le miroir, puis la suis jusqu'au salon. Quelqu'un a coupé la musique et mis à la place sur l'ordi une émission en direct pour avoir le compte à rebours.

Malya me serre le bras et souffle :

– Je reste avec toi, t'inquiète.

– Alors là, c'est hors de question. Parce que tu as quelqu'un d'autre à embrasser, je réplique en la poussant dans la direction d'Antoine.

Puis on se met tous à compter en même temps.

– 5… 4… 3… 2… 1… BONNE ANNÉE!

Je sens que quelqu'un me prend dans ses bras. C'est Tuan, qui me soulève de terre et me fait tourner en riant avant de planter un gros baiser sur ma joue.

Nathan vient ensuite me faire la bise, Malya me serre dans ses bras, puis Antoine me fait une bise un peu gênée. Pendant dix minutes, tout le monde est occupé à faire le tour des autres invités. On rigole, on s'embrasse, on se souhaite le meilleur pour l'année à venir. C'est vrai que l'ambiance est chouette. Surtout quand Tuan décide de mettre à fond une chanson de bonne année espagnole qui fait danser tout le monde. Chloé et Mattéo ont enfilé les bonnets de Noël qui étaient accrochés aux fenêtres, ce qui ajoute à la bonne humeur générale. Les deux heures qui suivent passent au milieu des rires, de la danse, des jeux idiots et encore des rires. Et quand mes parents sonnent la fin de la soirée à 2 heures, comme prévu, le concert de protestations qui leur répond me réchauffe le cœur.

Tant pis pour Gabriel s'il n'est pas capable de profiter de tout ça. Mes parents s'assurent que tout le monde a les moyens de rentrer en toute sécurité, et l'appartement se vide rapidement. Malya et moi allons nous brosser les dents pendant que mes parents vont se coucher.

– Alors, me demande mon amie, la bouche pleine de dentifrice, c'était bien, comme soirée de la deuxième chance, finalement ?

Je la regarde, sourcils froncés.

– De quoi tu parles ?

– Ton histoire de tout à l'heure. Le voyage dans le temps, t'as oublié ?

– Ah, ça !

Je réfléchis quelques instants, puis réponds avec sincérité :

– Oui. Malgré tout, c'était une bonne soirée. Et… qui me ressemble.

Malya sourit.

– Alors je peux te raconter qu'on s'est embrassés avec Antoine ? Et qu'on est ensemble, maintenant ?

Son bonheur est si évident qu'il en est contagieux.

– Viens, on va se mettre au lit, je réponds. Et tu vas tout me raconter dans les moindres détails.

FIN

29

Quelque chose me dit que je n'ai pas intérêt à laisser Manon et Gabriel discuter tranquillement. Je décide donc d'aller rejoindre leur petit groupe. Mais alors que je traverse le hall, je vois la porte d'entrée s'ouvrir et révéler... Romain et ses amis. Bien sûr.

Bon, voyons le bon côté des choses : si j'en crois ma première expérience de cette soirée, j'ai un peu de temps devant moi avant qu'ils commencent à tout gâcher.

Nouveau plan : je sépare Gabriel et Manon, je montre à mon crush que je suis la femme de sa vie, puis je m'occupe des squatteurs avant qu'ils ne déclenchent une bagarre.

Rassurée par cette résolution, je me fais une place à côté de Nathan et refuse la bière qu'il me tend.

• **RENDEZ-VOUS EN 19.**

30

Alors que je teste quelques pas de danse face à Nathan, on sonne à la porte. Je lance un regard étonné à Malya, qui me fait signe d'y aller avec un petit sourire.

Et quand j'ouvre, je me retrouve nez à nez avec Gabriel et Enzo. Ce dernier me tend une bouteille de Coca que j'accepte machinalement, perturbée par la présence de Gabriel en face de moi. Il est toujours aussi beau, beau comme ça ne devrait pas être permis, d'ailleurs.

Oui, mais voilà : la dernière fois que je l'ai vu, il était main dans la main avec Rose après l'avoir embrassée comme si sa vie en dépendait. Difficile d'oublier cette image.

Résultat, je ne sais plus ce dont j'ai envie… Me rapprocher enfin de lui ou au contraire l'éviter comme la peste ?

• POUR TENTER DE ME RAPPROCHER DE LUI, C'EST EN 28.
• POUR L'ÉVITER AU MAXIMUM, RENDEZ-VOUS EN 17.

31

Il serait temps de passer à un point un peu plus personnel de ma liste. Gabriel.

La pièce est si bondée que j'ai du mal à le repérer. Et quand je le vois enfin, je le regrette instantanément.

Tout au bout de la piste de danse, Lyna est montée sur un des canapés du salon, repoussé là pour faire de la place. Elle a les deux bras posés sur les épaules de Gabriel. Et ils s'embrassent comme s'ils étaient seuls au monde, sans prêter aucune attention aux danseurs juste à côté ni à ceux qui se moquent en passant.

Je reste figée, immobile, les yeux fixés sur ce couple improbable. Je ne m'attendais tellement pas à ça ! Depuis le début de la soirée, je surveille Rose, Manon… et

Gabriel décide d'embrasser Lyna. Je suis pratiquement sûre qu'ils ne se sont jamais adressé la parole avant ce soir.

Je suis tellement outrée que j'en oublie presque d'être triste. J'ai envie de balancer à mon crush qu'il exagère, qu'après tous les efforts que j'ai faits pour sauver cette soirée, il pourrait y mettre un peu du sien. Mais évidemment, ça n'arrivera pas. D'abord parce que ça n'aurait aucun sens, mais aussi parce que je n'oserais jamais faire un truc pareil. Donc je reste plantée là, les bras ballants, à les fixer. Combien de temps ils peuvent passer à s'embrasser ? Ils vont bien devoir reprendre leur souffle à un moment, non ?

– Fais pas cette tête, Cam, on pourra s'embrasser à minuit, si tu veux !

Nathan s'est posté à côté de moi et me lance un sourire moqueur.

– Yeurk ! je réponds en lui poussant l'épaule.

– Eh bah, sympa ! Si ça peut te rassurer, réplique-t-il en prenant mon menton entre ses doigts pour me faire tourner la tête vers la droite, je pense que Manon est encore plus énervée que toi…

Effectivement, à un mètre du couple environ, celle-ci a les bras croisés et un regard assassin. Je ne sais pas comment Lyna a fait pour lui piquer sa proie, mais c'est une sacrée prouesse, en tout cas.

– Allez, viens danser avec nous, me propose Nathan.

– Non, merci… Je crois que je vais aller m'asseoir un peu.

Mais il me retient par le bras.

– Sérieusement, Cam, insiste-t-il. Ça fait quoi, trois ans qu'on est amis, maintenant ?

Je hoche la tête.

– Alors tu peux me croire quand je te dis que Gabriel n'est pas un mec pour toi.

– Quoi, mais… tu savais ? je bredouille, stupéfaite.

Il éclate de rire.

– Désolé, se reprend-il, mais on te connaît, Cam !

– On ? C'est qui, « on » ?

– Tuan et moi, précise Nathan. On a vu ta tête le jour où Gabriel est arrivé. Et la façon dont tu te comportes quand il est dans les parages…

– Et lui, tu crois qu'il a remarqué ?

Je sens la panique monter en moi, mais Nathan se contente de faire la moue.

– Non, je ne pense pas. Et honnêtement, je pense que ça vaut mieux pour toi.

– Comment ça ?

Mon ami hausse les épaules.

– Bah, il est sympa, hein, on rigole bien, mais… la façon dont il parle des filles, c'est pas génial, quoi.

– Oh.

Je me sens très bête, tout à coup.

Parce qu'en fait, je ne connais pas Gabriel. Pas assez pour savoir ce genre de choses, pour savoir qui il est vraiment, en fin de compte. Et le pire, c'est que j'aurais pu chercher à en apprendre plus. Même sans oser lui parler directement, j'aurais pu me renseigner, poser des questions à Nathan et Tuan.

C'est comme si je m'étais volontairement voilé la face, comme si ça m'arrangeait bien, finalement, de fantasmer dans mon coin, de le parer de toutes les qualités, d'en faire un personnage plutôt qu'un garçon en chair et en os.

– Allez, viens ! lance Nathan pour la énième fois.

Mais cette fois, il ne me laisse pas le choix. Il m'attire par le bras au milieu de la piste de danse. Ce n'est qu'à ce moment-là que je réalise que Baptiste et ses amis sont arrivés. Le salon est maintenant rempli de garçons et de filles de vingt ans, plus beaux, plus à l'aise que nous. Rapidement, ils prennent la main sur la musique et investissent la piste.

Tuan, qui adore danser, est ravi. Il se lance dans ses chorégraphies les plus complexes, pendant que Nathan et moi l'encourageons en passant d'un pied sur l'autre en rythme, ce qui est notre maximum niveau expression corporelle.

Je finis par oublier de regarder dans le coin toutes les cinq minutes pour vérifier que Lyna et Gabriel sont toujours collés. C'est le cas, de toute façon. Je pense qu'ils ont fusionné pour former un organisme unique qui respire par les oreilles.

Après un moment à danser – je ne saurais pas dire s'il dure cinq, dix ou vingt minutes –, je vois Malya revenir dans le salon main dans la main avec Antoine. Je souris. C'est bon de me souvenir que je n'ai pas tout raté ce soir.

Avant que j'aie le temps d'aller voir mon amie pour la féliciter, Baptiste coupe la musique et annonce d'une voix forte :

– C'est bientôt l'heure !

Il allume la télé. Joyeusement, tout le monde scande en chœur :

– 5... 4... 3... 2... 1... BONNE ANNÉE !

Nathan et Tuan me font une bise chacun en hurlant dans mes oreilles avant de me serrer dans leurs bras pour un câlin collectif, dont je me dégage en riant. On n'est pas du genre à se dire qu'on s'aime, mais ce soir, ça me semble très clair. Je voudrais aller voir Malya, mais je pense qu'elle ne voudrait pas qu'on interrompe le baiser qu'elle est en train d'échanger avec Antoine, alors je bifurque vers Rose, qui me montre notre amie du doigt.

– Je rêve ou elle est en train de rouler des pelles à Antoine ?! Ça demande une intervention, non ? On peut pas la laisser faire ça !

Je secoue la tête.

– Houlà, surtout pas, crois-moi ! je lui lance. T'as plutôt intérêt à t'habituer à Antoine, parce que je pense qu'on va le voir souvent à partir de maintenant !

– Ah ouais ?

Rose me lance un regard surpris, puis elle hausse les épaules.

– Si elle est contente, c'est tout ce qui compte ! crie-t-elle pour couvrir la musique qui a repris.

Elle jette un coup d'œil furtif vers Gabriel et Lyna. Je la rassure :

– Oui, j'ai vu. Et j'ai décidé que ça ne gâcherait pas ma fin d'année.

Mon amie applaudit.

– Bravo, Cam, bien dit ! Un de perdu, dix de retrouvés ! Tu veux que je te présente des amis de mon frère ?

J'hésite une seconde en pensant au garçon avec qui j'ai eu toute une conversation hier, à travers la porte de la salle de bains. Il est sûrement là, lui aussi...

– Non, merci! je réponds finalement. J'ai eu assez d'émotions pour la soirée! Pour deux soirées, même...

Rose ne relève pas.

– Comme tu veux! me lance-t-elle avant d'être happée par une nouvelle chanson.

Je la regarde rejoindre le centre de la piste pour faire une démonstration de la chorégraphie qu'elle a travaillée pendant des heures devant son miroir. Je le sais, je l'ai vue faire.

Puis je rejoins Nathan, Alina et Enzo sur un côté de la piste, où on gigote, hilares, avec plus de mimiques et d'imitations que de vrais pas. Au bout d'un moment, on fatigue un peu, alors on va se poser dans un canapé sur le côté. Tout en bavardant, on admire l'énergie infinie de Tuan, qui vient nous chercher toutes les dix minutes dans l'espoir qu'on le rejoigne. Après un certain temps, je sens que la fatigue prend vraiment le dessus. Je souhaite une bonne fin de nuit à mes amis et je monte dans la chambre de Rose. Deux matelas sont posés sur le sol, préparés pour Malya et moi. Après m'être brossé les dents, j'enfile mon pyjama – que je suis ravie d'avoir emporté, finalement – et je me glisse sous la couette avec délice.

Beau boulot ce soir, Cam.

Je me félicite d'abord d'avoir géré le problème des squatteurs et sauvé la soirée de Rose, bien sûr. C'était crucial pour ne pas finir cloîtrée chez moi jusqu'au bac, et pour ne pas décevoir atrocement mes parents, surtout.

Mais en fait, ce dont je suis le plus fière, c'est d'avoir été là pour Malya. D'avoir retenu la leçon de ce premier réveillon calamiteux : pour savoir ce que mon amie ressent, il faut que je lui pose la question, que je m'intéresse à elle, que je ne juge pas ce qu'elle aime – ou qui elle aime – en fonction de mes propres opinions.

Je rougis en repensant à ce que m'a dit Nathan tout à l'heure. Lui aussi a fait cet effort avec moi, l'effort de ne pas me juger. Alors que parfois, je le prends un peu pour acquis. Lui et Tuan, je les vois juste comme de vieux potes. Mais ils font partie des gens qui me connaissent le mieux, finalement. Et c'est ça qui compte, pour passer une bonne soirée. De vrais amis, avec qui on peut être complètement soi-même. La voilà, ma résolution pour l'année qui commence : prendre soin de mes amitiés. Que ça signifie empêcher mes amis de faire des choses qu'ils regretteront, les aider à faire ce qu'ils n'osent pas, ou bien juste les écouter. Oui, c'est bien ça, les écouter.

Je ferme les yeux et me laisse bercer par le son des basses qui monte du rez-de-chaussée.

Quand je me réveille quelques heures plus tard, mon premier réflexe est d'attraper mon portable pour vérifier la date. On est bien le 1er janvier : le temps a repris son cours normal. Et moi, je suis impatiente de découvrir ce que me réserve cette nouvelle année !

FIN

32

– Je… peux vous parler cinq minutes ? je lance. Sans Hector ?

Mes parents échangent un regard inquiet pendant que mon petit frère proteste.

– Ah non ! On est en train de jouer, c'est pas juste ! T'as qu'à leur parler plus tard !

Ma mère lui ébouriffe les cheveux.

– Tu nous as exclusivement pour toi le reste de la soirée, mon biquet.

Avec un soupir très exagéré, Hector se rend dans sa chambre en tapant du pied. Je souris, avant de me reprendre. Je vais passer un sale quart d'heure, c'est certain.

Je prends une grande inspiration avant de me lancer.

– Je ne vous ai pas tout dit pour ce soir. En fait… les parents de Rose sont partis pour le réveillon, donc Rose et Baptiste ont la maison pour eux seuls.

Ma mère a déjà les sourcils froncés, mais elle attend la suite. Mon père, lui, a une expression incrédule, qui pourrait être amusante si je ne m'étais pas mise dans cette situation impossible.

– Ils organisent une soirée avec des amis, je reprends. Et je ne vous l'ai pas dit parce que j'avais trop peur que vous ne me laissiez pas y aller, alors que c'est super important pour moi, j'ajoute à toute vitesse. Mais je me sens trop mal de vous mentir, alors voilà. Est-ce que vous accepteriez que j'aille quand même à cette soirée de Nouvel An chez Rose ?

Je m'arrête, faute de savoir quoi ajouter.

Après quelques secondes d'un silence atrocement pesant, ma mère déclare :

– Il est hors de question que tu ailles à une fête quelque part où il n'y a pas d'adultes pour vous surveiller. Encore moins après nous avoir menti.

– Mais il y aura Baptiste et ses amis ! je m'écrie sur un ton suppliant.

– Baptiste a vingt ans, réplique mon père. Il va faire la fête et boire avec ses amis. Si tu veux mon avis, ils auraient besoin d'être surveillés eux aussi, ne serait-ce que pour éviter que l'un d'eux finisse à l'hôpital !

Quand je vous disais que mes parents aimaient dramatiser…

– De toute façon, reprend-il, on va prévenir les parents de Rose et Baptiste.

– Quoi ?! je proteste, paniquée. Vous ne pouvez pas faire ça ! Rose va me détester ! Tout le monde va me détester ! Ce sera la fin de ma vie sociale !

– Arrête un peu d'en faire des tonnes, Cam, soupire ma mère.

Je suis tellement outrée que je ne réponds pas. Elle tend la main vers moi pour m'asséner le coup de grâce.

– Donne-moi ton portable, s'il te plaît.

– Quoi ? je répète. Mais non, maman !

Elle lève un sourcil, intraitable. Je lui tends mon téléphone et je tourne les talons pour retourner dans ma chambre. Je me suis à peine écroulée sur mon lit que les larmes me montent aux yeux. Moi qui voulais être honnête, je me retrouve dans la pire situation possible. Au moins, hier soir, j'étais punie pour quelque chose que j'avais fait ! Là, je me retrouve coincée chez moi, avec des parents déçus et des amis qui vont me haïr… mais sans avoir rien vécu.

Enfouie sous ma couette, j'entends vaguement la voix de mes parents au loin. Ils ont un ton sérieux – ils sont sûrement en ligne avec les parents de Rose. Peut-être que je pourrais continuer ma scolarité à distance ? Ne plus jamais sortir de ma chambre, comme certains jeunes Japonais le font, si j'en crois ce documentaire sur lequel je suis tombée un jour ? Enfin, j'accepterai d'aller jusqu'à la salle de bains et aux toilettes, mais c'est tout. J'exigerai que mes parents m'apportent mes repas dans ma chambre. Et s'ils refusent, je ferai la grève de la faim. Mon ventre gargouille pour protester contre cette résolution, et j'admets silencieusement que ça ne risque pas d'arriver.

Je tends l'oreille. Mes parents n'ont plus l'air d'être au téléphone. Ils doivent discuter entre eux. Se demander ce qu'ils vont faire de moi. La perspective d'un pensionnat semble attirante, soudain. Il n'y aurait que des gens comme moi, avec des parents suffisamment sévères ou angoissés pour avoir l'idée de les envoyer là. Et personne ne me connaîtrait.

Je suis en train d'imaginer à quoi ressemblerait ma nouvelle vie quand on frappe à ma porte.

– Oui ?

Mes parents entrent et je me redresse dans mon lit. Ma mère tient mon portable à la main. Je comprends qu'ils vont m'annoncer leur sentence.

– On a beaucoup discuté avec ton père, commence ma mère. Bien sûr, on est très déçus que tu nous aies menti, mais on a aussi conscience que tu as fini par nous dire la vérité. C'est important.

Je sens une lueur d'espoir s'allumer en moi.

– On a eu les parents de Rose au téléphone, la soirée est annulée, ajoute mon père.

Je sens mon ventre se retourner. Alors c'est vraiment arrivé. Quand les vacances seront terminées, je vais devoir retourner au lycée et affronter la colère de tous les élèves de seconde, parce que j'aurai personnellement gâché leur réveillon.

– Mais comme on ne veut pas gâcher votre réveillon à tous, reprend ma mère comme si elle lisait dans mes pensées, on voulait te proposer quelque chose.

Cette fois, c'est officiel, je suis perdue.

– Tu peux inviter tes amis ici ce soir pour une petite fête, explique mon père. Mais attention, il y aura des règles à respecter. On reste dans l'appartement tout le temps. Dans notre chambre, précise-t-il en voyant mon expression horrifiée.

– La soirée se termine à 2 heures du matin, poursuit ma mère.

– Et évidemment, ajoute mon père, pas d'alcool, pas de cigarettes, pas de drogues.

Je suis tentée de balancer une réponse sarcastique, mais je me retiens à temps. Ce n'est vraiment pas le moment de faire la maligne.

Ma première réaction, c'est de trouver que cette idée est nulle, que personne ne viendrait, et que si par hasard certains acceptaient, ils trouveraient la « petite fête » ridicule. En même temps, me souffle une petite voix, la soirée chez Rose est annulée, ce qui signifie que tous mes amis se retrouvent sans rien de prévu pour ce soir. Peut-être qu'ils préféreraient quand même cette option plutôt que de rester seuls chez eux ?

Ma mère s'avance pour me rendre mon portable.

– Je sais que ce n'est pas ce que tu avais prévu, Cam, me dit-elle, mais je trouve que c'est un compromis raisonnable.

Sur l'écran, je vois cinq appels en absence de Rose. Et un texto. Je l'ouvre.

« C'est bon, problème réglé. Je fais toujours la soirée chez moi. »

Visiblement, elle a trouvé une solution pour ce soir. Ce qui signifie que je ne serai peut-être pas détestée par l'intégralité du lycée… et sans doute aussi que personne ne viendra à ma « petite fête ».

– Alors, qu'est-ce que tu en penses ? me demande mon père.

- POUR ACCEPTER LA PROPOSITION DE MES PARENTS, C'EST EN 18.
- POUR LA REFUSER ET CHERCHER UN MOYEN POUR QUAND MÊME ALLER CHEZ ROSE, RENDEZ-VOUS EN 23.

33

Aussi tentante que soit la perspective de me serrer contre Gabriel sur son scooter, je sais que c'est une erreur. D'abord parce qu'il a enchaîné les bières depuis son arrivée à la soirée, et qu'il n'est sûrement plus en état de conduire. Ensuite parce que mes parents m'ont formellement interdit de monter sur un deux-roues. Enfin parce que je ne sais pas ce que je trouverai place Jaurès. S'il y a du monde, je risque de perdre Nathan et Gabriel et de me retrouver seule dans la foule. J'ai déjà eu un premier réveillon pourri, ça va aller, merci !

Et puis, il y a ce sentiment de trahir en partant. Rose m'a invitée à sa soirée de réveillon, et on la prépare toutes les trois avec Malya depuis des semaines, alors je ne me vois pas les laisser tomber.

Bref, une longue liste de raisons qui me font secouer la tête et répondre :

– Non, je vais rester là, moi.

J'aurais aimé que Gabriel soit dévasté par mon refus, ou, mieux encore, qu'il renonce à partir. Mais comme c'est la vraie vie, il hoche la tête d'un air parfaitement indifférent avant de lancer à Nathan :

– T'as gagné une place sur le scoot, mec !

Mon pote lui tape dans la main et ils s'éloignent en riant.

• SI LE PROBLÈME DES SQUATTEURS EST DÉJÀ RÉGLÉ, RENDEZ-VOUS EN 36.

• SI CE N'EST PAS ENCORE LE CAS, C'EST EN 35.

34

Je file dans ma chambre récupérer mon micro de karaoké, que j'ai beaucoup utilisé au collège. Autant vous le dire, je suis une vraie pro. Pas en chant, hein. Mais pour installer le matériel en vitesse et trouver les meilleures chansons, je suis tout simplement imbattable.

Je file voir Tuan derrière l'ordinateur et je lui explique mon plan. Puis je m'occupe de brancher le micro avant de sélectionner la playlist parfaite. Il n'y a plus qu'à projeter l'image de l'écran sur le mur blanc du salon, et voilà !

À mon signal, Tuan coupe la musique.

Certains protestent, d'autres se contentent de nous regarder avec curiosité.

– Qui est partant pour un petit karaoké ? je demande dans le micro.

– Moi, moi, moi ! s'écrie aussitôt Alina, trop heureuse de retrouver notre passe-temps préféré.

Je vois bien quelques rires moqueurs parmi les invités, mais je décide que ce n'est sûrement que de la gêne. Une fois qu'ils auront essayé, ils changeront d'avis !

Tout le monde se rassemble autour d'Alina ; elle se lance dans une première chanson, qu'elle maîtrise parfaitement. Trop, même. Car une fois qu'elle a terminé – et qu'elle a été copieusement applaudie –, personne ne veut prendre le relais.

Je reprends donc le micro et pointe Malya du doigt.

– Tu sais ce qu'on va chanter !

Je la vois jeter un coup d'œil furtif à Antoine et je crains une seconde qu'elle me plante. Mais non, elle s'avance.

– C'est vraiment pour toi que je le fais, marmonne-t-elle avec une grimace.

– Quoi ? Je n'ai pas entendu, qu'est-ce que tu dis ? je demande dans le micro.

Elle rigole. Tuan lance la chanson suivante.

C'est un grand classique de karaoké : *Je suis malade*, version Lara Fabian. Un morceau qui demande de passer d'une voix parlée à des hurlements de désespoir.

Tout en subtilité, surtout dans notre interprétation, perfectionnée au fil des années !

Je donne tout ce que j'ai, tout en me disant que mes parents vont finir par sortir de leur chambre pour nous faire taire. Quand la chanson se termine, comme je l'espérais, tout le monde rigole, nous encourage... et Amel et Hannah viennent regarder la liste des chansons pour passer après.

Les morceaux s'enchaînent et, bientôt, tout le monde chante en chœur. Après une bonne heure, l'ambiance est bien plus détendue. Et quand on range le micro et que Tuan repasse à sa playlist, mes invités restent au milieu du salon et se mettent enfin à danser !

• **RENDEZ-VOUS EN 30.**

35

Tout à coup, j'entends un grand bruit qui provient de la cuisine. On est plusieurs à aller voir ce qui se passe.

Le carrelage est maculé de bière et de morceaux de verre autour de la base d'une pyramide de bouteilles. Romain et ses potes rigolent au milieu d'autres invités, qui ont l'air soit consternés, soit dégoûtés.

– Je t'avais dit que ça tiendrait pas, lance Romain à un des quatre garçons qui l'accompagnent.

– Bah, fallait essayer, réplique l'autre, qui ne semble pas du tout perturbé par le carnage. On va fumer ? ajoute-t-il.

Une exclamation outrée s'élève alors dans mon dos.

Rose vient d'arriver dans la cuisine.

– C'est vous qui avez fait ça ? s'énerve-t-elle, sourcils froncés, en désignant le sol.

– Non, répond Romain avec aplomb.

– Bah si, c'est vous, répond Enzo. Tout le monde vous a vus…

– Ça va pas de balancer comme ça ? réplique un des potes de Romain en s'avançant vers Enzo pour le pousser.

– Ho, ho, ho ! On se calme ! lance Baptiste en entrant à son tour dans la cuisine. Tout le monde redescend d'un cran et on nettoie, OK ?

– T'as cru que j'étais là pour faire le ménage ? réplique Romain. Venez, les gars, on bouge.

Mais Baptiste ne l'entend pas de cette oreille. Il se met en travers du chemin de Romain… qui lui envoie un coup de poing en plein visage. Rose pousse un cri perçant qui attire aussitôt les amis de son frère. C'est le chaos dans la cuisine.

Un des potes de Romain se prend aussi un coup et tombe sur un morceau de verre. Sa main se met à saigner, mais il repousse violemment une fille qui essaie de l'aider.

J'entends la copine de Baptiste annoncer qu'elle appelle la police.

J'ai échoué.

C'est ma faute, j'aurais dû commencer par régler ce problème-là avant de m'intéresser à Malya ou à Gabriel… Ou alors peut-être que c'était tout simplement le destin, que ce réveillon ne pouvait pas bien se passer. Comment le savoir ?

Une nouvelle fois, une policière appelle mes parents et ma mère, en manteau par-dessus son pyjama, vient à nouveau me chercher, avec toute la déception du monde dans le regard.

– On parlera de tout ça demain.

Mon dernier espoir s'envole quand je me réveille, quelques heures plus tard, et que je constate que, cette fois, je ne suis pas revenue en arrière. On est bien le 1er janvier et je vais devoir assumer les conséquences de mes choix. Bonne année, Camille. Et bonne chance…

FIN

36

Même si je sais que j'ai pris la bonne décision, ça ne m'empêche pas d'être déprimée. Parce que ce n'est pas la soirée que j'imaginais – pour la deuxième fois. Je crois que mes fantasmes sont à côté de la plaque, en fait. Que Gabriel ne s'intéresse pas du tout à moi.

Baptiste et ses amis viennent de débarquer. Ils se marrent, s'interpellent, changent la musique, baissent les lumières, se mettent à danser. Ils ont l'air si à l'aise, si… grands. J'ai du mal à croire que je serai comme eux dans quelques années.

Alors que je suis en train de les observer, fascinée, Malya me rejoint.

– Alors ? je lui demande. T'as parlé à Antoine ?

Elle s'assoit sur le sol à côté de moi et secoue la tête.

– Il est parti, me répond-elle.

– Oh non ! Je suis désolée !

– Tu n'y es pour rien, me répond-elle avec un sourire.

Sauf que… j'aurais pu essayer de l'aider, et je ne l'ai pas fait.

– Je suis sûre que ça finira par marcher, je lui dis en repensant à ma soirée de la veille. Une autre fois !

Elle me lance un regard reconnaissant et souffle :

– J'espère. On verra bien… Et toi, avec Gabriel ?

– Il est parti aussi.

Je lui raconte rapidement ce qui s'est passé. Quand nos regards se croisent, on ne peut pas s'empêcher de rire.

Je désigne du menton Rose sur la piste de danse.

– Au moins, y en a une qui vit sa meilleure vie !

– T'as bien fait de l'empêcher de boire la tequila, me dit Malya.

C'est vrai que je n'ai pas tout à fait raté ma soirée, puisque j'ai arrangé celle de Rose. C'est déjà ça.

– Compte à rebours ! crie soudain Baptiste en allumant la télé.

Aussitôt, tout le monde converge vers le salon pour se mettre à égrener d'une seule voix :

– 5… 4… 3… 2… 1… BONNE ANNÉE !

Je serre Malya dans mes bras.

– Tu sais ce que j'ai envie de faire pour commencer cette nouvelle année ? me dit-elle.

– Non, quoi ?

– Regarder un film en pyjama.

– Waouh ! Tu crois pas que c'est un peu trop trash pour nous ?

– Ça te dit ? demande Malya.

– Allez.

Avec l'impression de sécher les cours, je la suis dans l'escalier. Dans la chambre de Rose, on se met en pyjama – bien sûr que c'était une bonne idée de le prendre –, on se brosse les dents et on s'installe sur les matelas posés au sol à notre intention avant de lancer un film sur l'ordinateur portable de Rose.

Finalement, je n'ai pas menti à mes parents. Pas tout à fait, en tout cas. Car la meilleure partie de ce réveillon, c'est cette petite contre-soirée improvisée avec ma meilleure amie. Je m'endors bercée par le film et les bruits de la fête.

Quand j'ouvre les yeux le lendemain matin, j'attrape mon portable. On est bien le 1er janvier. Le temps a repris son cours normal. Je souris en remontant la couette sur mon visage. Quoi de mieux qu'une bonne grasse matinée pour commencer l'année ?

FIN

Tu as passé un bon nouvel an avec Cam ?
Découvre dès maintenant un extrait du feel-good
d'Elizabeth Barféty

3 FOIS L'ÉTÉ

CHAPITRE 1

Jeudi 6 août

Comment je me suis retrouvée dans cette situation ?

Franchement, si on m'avait dit ça il y a encore un mois...

C'est drôle, cette expression, d'ailleurs. Qui est ce « on », dans « si on m'avait dit ça » ?

Un sorcier qui prédit l'avenir ? Dans cas, ce serait normal de s'en méfier, non ? Qui va faire confiance à un mec qui commence par lui dire qu'il voit l'avenir ? Je serais censée réagir comment ? Lui répondre :

– Ah, OK, pas de souci. Chacun son truc, après tout !

Non, le plus probable, c'est que je m'enfuirais en courant.

Pour que je reste, il faudrait que ce « on », ce soit moi. Imaginez : je suis tranquillement en train de faire mes devoirs d'anglais, et là, *bim*, j'apparais. Enfin, mon double venu du futur, pour être précise. Là, pas le choix, je l'écoute. Ou alors, je m'évanouis. Mais admettons que je sois une fille courageuse. Ou curieuse, au moins. Donc, mon moi du futur surgit devant moi et m'annonce :

– Dans un mois, tu devras choisir entre trois garçons.

Là, je risque de protester.

Si la magie existe, je préférerais avoir droit à trois souhaits, plutôt qu'à trois garçons !

Parce que, je ne sais pas vous, mais moi, je deviendrais bien riche, célèbre et talentueuse. Tiens, ça me fait penser à cette image qui revient sans arrêt sur Insta en ce moment.

Tu ne peux prendre que deux de ces pilules.
Lesquelles tu choisis ?

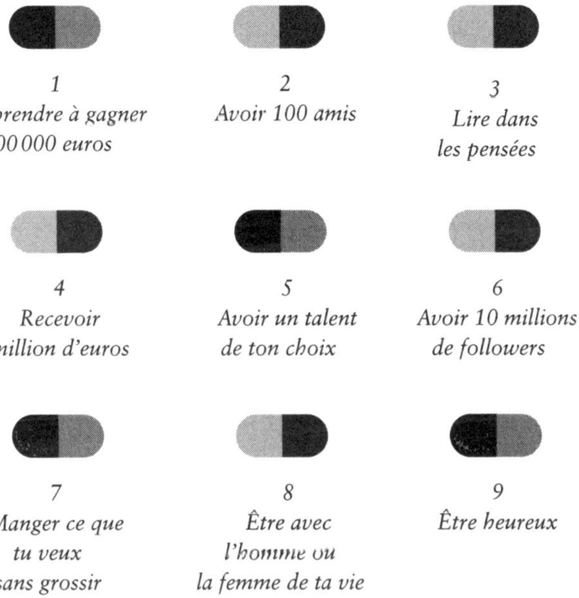

Qu'est-ce que je choisirais, moi ?

Non, non, non, il ne faut pas que je sature mon cerveau avec ce genre de questions.

J'ai lu quelque part que Steve Jobs, le fondateur d'Apple, portait les mêmes vêtements tous les jours — enfin, pas les mêmes, mêmes, mais qu'il avait genre quarante pulls noirs à col roulé dans son armoire, pour éviter à son cerveau des choix inutiles. Parce qu'il paraît que faire des choix, ça fatigue le cerveau.

Donc, plus tu as une routine toute prête, plus ton cerveau est disponible pour les réflexions importantes.

Bref.

Pas de choix de pilule magique pour moi. Il faut que je me concentre sur l'essentiel.

C'est quoi, l'essentiel ?

Je m'appelle Maëlle. J'ai seize ans depuis quatre mois. Je vais entrer en première en septembre. Je suis une fille à peu près comme les autres. Peut-être un peu bizarre, mais j'arrive plutôt bien à garder ça pour moi. Et pour ma meilleure amie Lucie, cette lâcheuse qui passe les vacances d'été à la campagne chez sa grand-mère, parce qu'elle trouve ça cool, le « retour à la nature » et la « transmission entre les générations ». Pas besoin d'en dire plus, vous avez compris l'idée : elle est aussi bizarre que moi. Même un peu plus, quand j'y pense.

Résultat, me voilà seule face aux trois garçons qui m'ont proposé de sortir samedi soir. Oui, *le même soir*.

Alors que j'ai passé tous les samedis soir de ma vie jusqu'ici à regarder des films à la maison en rêvant de soirées de dingue.

Jusqu'ici, je n'ai embrassé que deux garçons.

Le premier, Yanis, ne me plaisait pas spécialement,

mais c'était l'occasion d'essayer enfin le truc dont on parlait depuis des années : embrasser un garçon *avec la langue*.

Le deuxième, Jules, je crois bien que c'était le contraire. Qu'il a voulu tester. Je ne sais pas si ça ne lui a pas trop plu ou quoi, mais il a cassé trois semaines plus tard, pendant le voyage de classe en Espagne. Par texto. Vu que je n'y étais pas, moi, en Espagne. Ça m'apprendra à faire de l'allemand.

Donc question expérience, je dirais : « moyen moins ». Pas DU TOUT le genre de fille qui jongle avec les mecs. À part dans les scénarios que je me raconte, où, bien sûr, je suis un *sex-symbol* : Jessica Rabbit, Scarlett Johansson et Kristen Stewart réunies.

Mais là, c'est la vraie vie.

Et, il faut bien le constater aussi : la panique.

Comment j'en suis arrivée là ?

(Pour info, je choisirais la 2 et la 5.)